KB101306

7FATES
CHAKHO
WITH BTS

7FATES
CHAKHO
WITH BTS

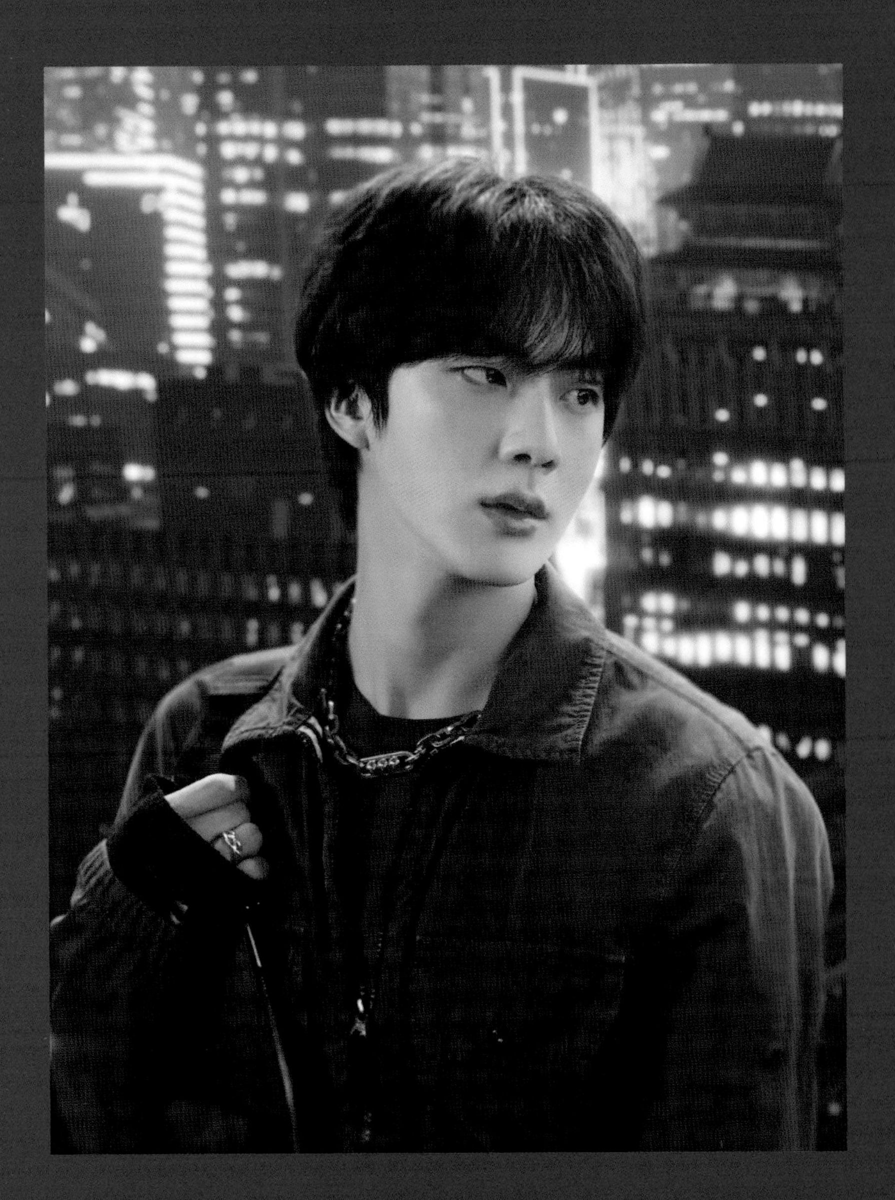

7FATES
CHAKHO
WITH BTS

7FATES
CHAKHO
WITH BTS

7FATES
CHAKHO
WITH BTS

7FATES
CHAKHO
WITH BTS

7FATES
CHAKHO
WITH BTS

7FATES
CHAKHO
WITH BTS

7FATES

CHAKHO

WITH BTS

기획/제작
HYBE

공동기획

7FATES

CHAKHO

WITH BTS

2
WEBNOVEL

학산문화사

7FATES
CHAKHO
WITH BTS

차례

제 13 화
재정비

하루가 주안에게 말한 후, 제하와 도건을 돌아봤다.

“놈들의 본거지로 가는 길을 발견했다.”

“어디야?”

주안과 도건이 달려들듯 물었다.

“말해주지 않을 거다.”

하루의 말에 도건의 콧등에 주름이 생겼다.

“말해!”

“아니, 말하지 않을 거다.”

도건이 하루의 멱살을 잡았다.

“너, 날 놀리는 거냐? 말하라니까!”

“그래, 말해줘. 부탁할게.”

주안이 간절하게 말했지만 하루는 고집스럽게 고개를 저었다.

제하는 당혹스러웠다.

하루가 갑자기 왜 이러는 걸까?

“야, 너 왜 이래? 지금 우리 장난치는 거 아냐.”

“나도 장난치는 거 아니다. 생각해봐라. 내가 지금 놈들의 본거지를 말해주면 이 녀석들이 어떻게 행동할 것 같으냐?”

“그거야…….”

“당장 쳐들어가겠지. 그럴 만한 힘도, 능력도 없으면서. 불에 뛰어드는 나방처럼 뛰어들 게야. 안 그러냐?”

하루의 멱살을 쥐고 있던 도건의 손에서 힘이 빠졌다.

“난 강해. 너도 봤잖아.”

주안이 부드럽게 말했지만 하루는 고개를 저었다.

“그 정도로는 안 된다. 내가 보고 온 곳은 놈들의 본거지였다. 그곳을 지키는 범이 한두 마리가 아니라는 뜻이다. 적당한 무기도 없는 네놈이 그 범들을 전부 상대할 수 있겠느냐?”

하루의 말이 옳았다.

주안도 하루의 뜻을 이해했지만 마음이 조급해지는 건 어쩔 수 없었다.

하루라도 빨리 불티를 잡고 싶었다. 그놈이 그녀에게 한 짓을 고스란히 되돌려주고 싶었다. 그녀가 준 이 힘으로 그녀의 복수를 해주고 싶었다.

“우리는 그곳에 가기 전에 재정비를 해야 한다. 복수심도 좋지만.”

하루가 손바닥으로 주안과 도건의 가슴을 한 번씩 쳤다.

주안은 하루가 자신의 복수심을 어떻게 아는 건지 의아했다.

“복수하러 갔다가 죽어 나자빠지면 아무 소용없지.”

호랑나비 팀의 경태는 자신의 눈앞에서 벌어진 일을 믿을 수가 없었다.

‘저, 저게 뭐야……?’

총대장 동철은 경태에게 팀원들을 붙여주며 어떻게든 제하를 죽이라고 했다.

“그놈은 사사건건 우리를 방해하고 있다. 너, 성진이네 팀 얘기는 들었냐?”

"모, 못 들었습니다."

"성진이가 먼저 범을 발견했는데, 그놈이 중간에 가로채면서 성진이네 팀을 아주 짓밟았다더군."

"어, 어떻게 그런 짓을……!"

"그래, 아주 죽어 마땅한 놈이라니까? 우리 인간들이 힘을 합쳐야 할 때, 그런 놈은 인간들을 위험에 빠뜨릴 뿐이지. 그러니까 죽여라."

그 과정에서 다른 사람들이 좀 다치더라도 수습해줄 테니 걱정하지 말라며, 수단과 방법을 가리지 말라고 했다.

"너무 대놓고는 말고, 범을 잡는 척하면서 사건으로 위장해서 죽여……. 우리는 살인자는 아니니까."

경태는 자신 있었다. 소싯적 유도를 했고, 지금도 팀 내에서 꽤 강한 축에 속했다.

저번에 본 제하는 경태보다 키도 덩치도 더 컸지만, 어차피 싸움은 기술이다. 힘이 좀 더 세다고 해도 이길 방법은 얼마든지 있었다. 저번에 제하의 엎어치기가 먹힌 건 갑작스러운 공격이라 미처 대비하지 못해서 그랬을 뿐.

게다가 그쪽은 두 명이고, 이쪽은 일곱 명이다. 하루라고 하는 비실비실한 놈은 신경 쓸 필요도 없었다.

아니, 신경 쓸 필요가 없어야 했는데…….

'어, 어떻게 저렇게 움직이는 거지? 뭐가 어떻게 돌아가는 거야?'

경태가 제하와 하루의 뒤를 쫓고 있는데, 제하가 고개를 번쩍 들더니 갑자기 달리기 시작했다. 어마어마한 속도라서 경태는 따라갈 수도 없었다.

"꺄아아아악!"

그 후에 들려오는 비명 소리.

제하가 그쪽으로 갔을 거라고 생각해 달려가며 의문을 품었다.

'대체 저쪽에서 뭔가 벌어진다는 걸 어떻게 안 거지?'

경태가 품은 의문은 전투 현장을 보는 순간 깨끗이 지워지고, 그 자리를 경악이 채웠다.

범 두 마리를 상대하는 제하는 거의 보이지 않았다.

범과 비등할 정도로 빠른데.

퍼억-!

쿵-!

힘까지 셌다.

딱히 새까만 검을 들지 않아도 주먹이 무기였다.

거기에 하루는 또 어떤가.

쌔액-!

차르르-

하루의 붉은 오랏줄은 자유자재로 움직이고 늘었다가 줄었다가 하며 제하의 싸움을 서포트했다.

오랏줄에 발목이 묶인 범은 크읏, 소리와 함께 하루가 원하는 곳으로 딸려갔다.

'무슨 힘이 저렇게……?'

경태는 범을 상대한 적이 자주 있기에 범의 힘이 얼마나 강한지 알고 있었다.

범이란 존재는 주먹질 한 방에 나가떨어지지도, 밧줄에 묶였다고 질질 끌려가지도 않는 존재였다.

범 사냥꾼들이 평범한 인간보다 뛰어난 신체적 능력이 발화하기 시작했다 해도, 어느 정도 인간적인 수준에 머물렀다.

하지만 제하와 하루는 인간의 경지를 벗어난 것처럼 보였다.

'저거…… 정말로 인간 맞아? 범이 인간인 척하는 거 아냐?'

그런 의심이 들 수밖에 없는 게, 제하도 제하지만 하루의 움직임이 남달랐다.

하루는 땅을 박차고 올라 마치 공기를 밟고 달리는 듯 움직여 사방팔방으로 돌아다니고 있었는데, 그 기술은 범이 사용하는 기술이었다.

써걱-!

한 마리의 범의 목이 떨어지고.

"크허어어어엉!"

남은 한 마리가 하늘을 향해 울부짖었다.

범이 자신의 동료를 부르는 것이리라.

그곳에 있으면 위험하다는 걸 알면서도 경태는 꼼짝할 수가 없었다.

원래 인간은 자신의 예상 범주를 벗어난 경이로운 존재를 보게 되면 굳어버리기 마련이다.

경태 또한 그랬다.

제하와 하루의 전투는 정말이지 경이로웠다.

서걱-!

울부짖던 범의 머리도 떨어졌다.

"허억! 허억!"

제하가 허리를 반쯤 굽히고 헐떡거렸다. 하루는 그렇게 돌아다녔으면서 고른 호흡을 유지하고 있었다.

"가자. 범들이 몰려오겠구나."

"응, 가야지."

검을 집어넣고 걸어오던 제하와 경태의 눈이 마주쳤다.

경태를 알아본 제하가 미간을 좁혔다.

"뭐야? 할 말 있어?"

경태는 입을 꾹 다물고 열심히 고개를 저었다.

제하가 경태의 어깨를 툭 쳤다.

"도망쳐. 곧 범이 온다."

그 말을 남기고 걸어가는 제하의 뒷모습을, 경태 일행은 그저 멍하니 지켜봤다.

하마터면 "형님!" 하고 튀어나올 뻔한 말을 꿀꺽 삼키면서.

"12억이야."

제하가 통장 총액을 확인하며 중얼거렸다.

"봐봐, 형. 이거 정말 12억 맞지?"

"그래, 그래. 12억 맞다, 맞아."

도건이 아이를 달래는 듯 말했다.

"우와, 내 인생에 12억을 보는 날이 오다니……. 이거, 그냥 현금으로 찾으면 안 돼? 지폐로 찾아서 방 안에 뿌려두고 한 번만 굴러보자. 응?"

"관둬, 인마."

도건이 키득키득 웃으며 제하의 뒤통수를 가볍게 때렸다.

"하지만…… 12억이잖아. 형은 해보고 싶지 않아? 주안이 형은 어때? 해보고 싶지?"

주안은 호들갑을 떠는 제하를 보며 빙그레 미소 지었다.

그녀를 잃은 후, 주안은 진득한 어둠 속을 걷는 것 같았다. 농도 짙은 어둠에 질식해서 죽을지도 모른다고 생각했다.

하지만 제하 일행과 함께 있으면 아주 잠깐이나마 빛 속으로 나온 기분이 들었다.

언제나 뚱한 표정으로 다니는 제하는 돈 앞에서만 저토록 밝아졌는데 그게 귀여웠다.

무서운 사람인 줄 알았던 도건은 의외로 리더십이 있는 성실한 형이었다.

'이곳이 내 있을 자리인 것 같아.'

가족과 함께 있을 때보다 편안한 느낌이 드는 건 왜일까?

'하지만 안 돼. 내가 할 일을 잊어서는 안 돼.'

주안을 지키다가 죽어간 그녀를 떠올렸다. 그녀의 마지막 숨이 넘어가던 순간이, 바로 어제의 일처럼 생생했다.

주안은 아무도 모르게 주먹을 굳게 쥐었다.

'불티. 반드시…… 내 목숨이 다하는 한이 있더라도, 네놈만은 내가 죽인다.'

주안이 남몰래 다짐하고 있는데 하루가 제하에게 말했다.

"금 보기를 개 보듯이 하라는 말도 모르느냐, 제하."

"돌 보듯이겠지. 너, 그거 잘 모르면 그냥 쓰지 마."

"12억에 홀려서 늑장 부릴 때가 아니다. 무기를 사러 가자."

요 이틀간 그들은 돈을 벌기 위해 미친 듯이 범을 찾아다녔다.

제하와 하루가 한 팀, 도건과 주안이 한 팀을 이뤄서 위험하다 싶은 곳은 샅샅이 훑고 다녔다.

그렇게 해서 모은 돈이 12억이었다.

"12억 가지고는 제대로 된 무기 하나 사기도 힘들 거야."

도건의 말에 제하가 인상을 찌푸렸다.

"대체 무기가 왜 그렇게 비싸지는 거야? 예전에는 더 싸게 구할 수 있었잖아."

"내가 좀 알아봤는데, 누가 무기를 전부 사들이는 모양이야. 그래서 시중에 나오는 무기가 거의 없대. 손재주 있는 놈들이

직접 재료를 조달해서 만든 것만 풀리니 무기가 비싸질 수밖에 없나 봐.”

“대체 지금 같은 때 누가 그런 짓을 해? 어떤 부자 놈이 자기 혼자 살겠다고 무기를 전부 사들이는 건가?”

“그럴지도 모르지. 며칠 전에 거래소에 갔을 때, 내 것 같은 총 한 자루가 3억이었어. 알다시피 내 총, 그렇게까지 끝내주는 총은 아니거든.”

도건이 자신의 총을 휘리릭 돌리며 덧붙였다.

“어쨌든 우리는 전부 무기가 있긴 하니까, 주안이가 쓸 만한 걸 최우선으로 고르고, 남는 돈이 있으면 우리 걸 사든가 하자.”

거래소는 여전히 북적거렸다.

거래소는 무기와 방어구를 판매, 구매할 수 있을 뿐 아니라 망가진 무기를 수리할 수 있는 코너도 있었기 때문이다.

거래소라고는 하지만, 여러 상인이 좌판에 무기를 늘어놓고 판매하는 시장 같은 곳이었다.

좀 잘되는 집은 트레일러로 가게를 내서 운영 중인, 난잡한 곳이었다.

"사냥꾼이란 사냥꾼은 다 모이는데, 그래서 제일 위험한 곳이기도 해. 경계를 늦추지 마."

도건이 말했다.

거래소에 사냥꾼이 많이 모이는 만큼 싸움도 자주 벌어지고, 서로의 것을 탐내다가 죽이는 일도 생겼다.

그렇게 사람이 죽어나가도 경찰은 오지 않았다.

그야말로 치외법권, 무법지대였다.

"주안이 형, 이거다 싶은 무기가 있으면 말해줘. 알겠지?"

"다 같이 모은 돈인데 내 걸 사는 데에 써도 될까?"

"그러려고 모은 돈인데, 뭐. 돈보다는 목숨이 중요하니까 그런 거 신경 쓰지 말고 이거다 싶을 때 말해줘야 해."

"그래, 알겠어."

제하 일행은 경계를 늦추지 않으면서도 좋은 물건이 있는지 확인하며 돌아다녔다.

그런 그들의 뒤를 밟는, 낯선 그림자가 하나 있었다.

제 14 화

왜 우리였을까?

세인은 홀린 듯 제하 일행의 뒤를 따라갔다.

'방금…… 그건 뭐였지? 내가 잘못 본 건가?'

세인은 손에 들고 있던 범의 눈썹을 꽉 쥐었다.

'어떻게 똑같을 수가 있지?'

세인은 제하와 도건, 주안과 하루의 얼굴을 꼼꼼히 살펴봤다. 네 명 다 닮은 구석이 전혀 없었다.

그들은 무기를 사려는 건지, 노점상을 열심히 구경하고 있었다. 간간이 대화를 나누다가 장난스럽게 웃는 그들에게는 이 혼란스러운 거래소와 어울리지 않는 밝음이 있었다.

'부럽다'는 생각을 세인은 곧 털어버렸다.

누군가에게 특별하고 소중한 사람이 되고 싶다는 욕심이 있다는 걸, 세인은 인정하고 싶지 않았다.

세인은 인상을 찌푸린 채, 손에 쥐고 있는 범의 눈썹을 가만히 내려다봤다.

회색 바탕에 검은색 줄무늬가 들어간 범의 눈썹.

죽다 살아났을 때, 왜인지 손에 쥐고 있었다.

'이게 고장 났나?'

범의 눈썹에는 신기한 힘이 있었다.

이 잿빛 털뭉치를 눈썹에 대면 상대의 전생이 보였다. 그것은 마치 영화처럼, 아니, 홀로그램처럼 떠올라 세인의 각막에 새겨졌다.

처음에 지나가던 사람의 전생을 보았을 때, 세인은 자신이 미쳐가는 줄 알았다. 끔찍한 일을 겪고, 죽다가 살아난 충격으로 머리에 이상이 생긴 줄 알았다.

범의 눈썹이 보여주는 영상은 다양했다.

"전하. 고정하시옵소서."

왕 앞에 무릎을 꿇은 신하도 있었고,

"우, 우리 딸은 안 됩니다. 안 됩니다, 제발……."

산적에게 딸을 빼앗겨 울부짖는 농민도 있었다.

어느 사람은 공주였고, 어느 사람은 노예였으며, 또 어느 사람은 전쟁터를 누비는 장수였다.

그렇게 비치는 다양한 영상이 어쩌면 그 사람의 전생이 아닐까, 라는 생각을 하게 된 지는 얼마 되지 않았다.

'내가 미쳤다기보다는 차라리 이 기분 나쁜 털뭉치가 전생을 보여준다고 생각하는 게 낫겠지.'

그렇게 받아들이고 나니 차라리 마음이 편해졌다.

범 때문에 혼란스러운 세상이지만, 그 때문에 세인 또한 죽을 뻔했지만, 잠시나마 공포를 잊을 수 있었다.

그 이후로 두려움에서 도망치려는 듯, 세인은 범의 눈썹으로 사람들의 전생을 구경하면서 다녔다.

다양한 전생을 구경하는 건 영화를 보는 것과 비슷했다.

평범한 중년의 아저씨가 천하를 호령하던 왕이었다거나, 술에 취한 듯한 청년이 왕의 마음을 사로잡은 미녀였다거나, 울다가 엄마한테 혼나는 아이가 애를 다섯 명이나 낳아서 키운 여장부였다거나…….

그렇게 타인의 전생을 보는 동안에는 잠시나마 범의 공포로부터 멀어질 수 있었다.

그러던 어느 날, 자신의 전생이 궁금해졌다.

범에게 끔찍한 일을 당했을 때, 언뜻 보았던 영상이 있었다.

'그게 내 전생일까? 그땐 제정신이 아니라서 제대로 기억이 안 나는데……. 지금 다시 보면 이 털 뭉치가 내 전생을 제대로 보여줄까?'

세인은 거울 앞에 서서 범의 눈썹을 자신의 눈썹에 가져다 댔다.

"내가 선봉에 서겠습니다."

세인은 보았다.

"내가 이 검으로 범을 베겠습니다."

검은색 검을 들고 당당하게 외치는 남자를.

거대한 체구이지만 어딘지 모르게 날렵해 보이는 근육질의 남자는, 어깨까지 내려오는 회갈색 머리칼에 맹수처럼 보이는 호박색 눈동자를 가지고 있었다.

둥그스름한 곰의 귀에 범의 눈빛을 가진 남자.

인간 같기도 한데 인간이 아닌 그 남자는, 범을 척살하겠다고 당당히 선포하면서도 왜인지 슬픈 눈빛을 하고 있었다.

그리고 그 남자를, 세인은 또다시 보고 있다.

노점상을 구경하는 제하 일행.

왜인지 그들 네 명에게서 보이는 전생이 세인의 것과 똑같았다.

그러니 범의 눈썹이 고장 났다고 생각할 수밖에 없었던 것이다.

'전생이 똑같을 리가 없잖아. 고장 난 거겠지.'

혹시나 싶어서 다시 한번 범의 눈썹으로 전생을 확인했는데, 역시 보이는 것은 같았다.

네 명 모두에게서 한 사내가 보인다.

흐트러진 회갈색 머리카락과 넓은 어깨, 짙은 눈썹 아래에 호박색 눈동자를 가진, 어딘지 모르게 슬픈 분위기의 사내.

세인은 범의 눈썹을 댄 채로 고개를 돌려 지나가는 사람의 전생을 확인했다.

"오빠, 어디 가? 가지 마아아."

전쟁에 나가는 듯한 남자의 다리에 매달려 엉엉 우는 소녀의 영상이 나타났다.

'제대로 보이는 것 같은데……'

다시 제하 일행 쪽으로 시선을 돌렸다.

역시나 회갈색 머리칼의 사내가 비친다.

'왜 이러는 거지? 설마 진짜로 나랑 저 네 명의 전생이 같다고? 그럴 수가 있나? 아니면…… 역시 내가 미친 건가? 전생 같은 건 보이지 않고 그냥 내가 보고 싶은 대로 보는 거 아

냐?'

가족처럼 친밀해 보이는 제하 일행이 세인은 부러웠다.

인정하고 싶지 않았다.

하지만 자신도 저들의 일행이었으면 좋겠다는 바보 같은 생각을 하고 말았다.

그 소망 때문에 보고 싶은 환각을 보는 건지도 모른다.

나와 저들의 전생이 같다는, 그러니 우리는 하나라는 그런 편리한 환각.

'그래, 전생은 개뿔. 세상에 그런 걸 보여주는 물건이 있을 리 없잖아.'

세인은 신경질적으로 범의 눈썹을 집어 던지려다가 생각을 바꿨다.

'아니야. 그동안 내가 본 전생들은…… 그냥 내 상상이라기에는 너무 디테일이 쩔었어. 나는 그렇게까지 상상력이 풍부하지도 않고, 역사를 잘 알지도 못한다고.'

사람들의 전생에서 그들이 입은 옷, 말투, 헤어스타일이나 건물 같은 건 세인으로서는 처음 보는 것들이 많았다.

'이게 보여주는 건 진짜야. 그런 상황에서 얻은 건데 가짜일 리가 없잖아. 그래, 범도 나타나는 마당에 전생을 보여주는 물

건이 나타나지 말라는 법도 없지.'

범의 눈썹이 보여주는 회갈색 머리칼 사내의 전생.

그와 같은 전생을 가진 사람이 네 명이나 더 있다는 사실이 세인은 싫지 않았다.

가족에게서조차 소속감을 느끼지 못하고 언제나 한 발 떨어진 곳에 서 있는 기분을 느꼈던 세인이었다.

그런 세인에게 같은 전생을 가졌다는 동질감은 무척이나 따뜻했다.

판매대에 놓인 무기의 가격은 눈이 돌아갈 정도로 어마어마했다.

고작 12억을 가지고 기뻐했던 것이 민망할 정도였다.

"이건 그냥 평범한 총인데 너무 비싼 거 아냐?"

도건이 총 하나를 만지작거리며 중얼거린 말에 상점 주인이 툽상스럽게 대꾸했다.

"아, 비싸면 사지를 말든가. 요새 총 구하기가 얼마나 힘든지 알아? 범 사냥꾼입네, 뭐네 하는 어중이떠중이들이 다 모여드는데, 총은 없다고, 총은."

"칼은요?"

제하의 질문에 주인이 헛웃음을 흘렸다.

"칼? 아, 그쪽도 칼을 쓰는구만. 아니, 그런데 말이야. 칼로 범을 잡을 수나 있겠어? 범은 보이지 않을 정도로 빠르다고. 그쪽처럼 칼 들고 다니는 놈들이 몇 명 있긴 한데, 그건 그냥 보조 무기 정도지. 누가 그걸 주무기로 써? 대세는 총이야, 총. 목숨이 아까우면 총으로 고르라고."

주인은 판매대에 늘어놓은 총 중의 하나를 들었다.

"이거, 솜씨 좋은 놈이 만든 거야. 그립감도 좋고, 명중률도 좋아. 내가 총이라고는 써본 적이 없는 놈이거든? 그런데 이걸로 저 멀리 있는 맥주캔을 맞췄다니까? 알지? 요새 묘하게 괜찮은 무기들이 나온다는 거. 이게 바로 그런 종류의 총이란 말이지."

도건이 흥미를 보이며 총을 받아들었다.

이리저리 살펴보던 도건이 한 발 쏴보려는 듯 방아쇠에 손가락을 걸자, 주인이 얼른 도건의 손목을 잡았다.

"안 돼. 쏠 거면 돈 내고 쏴."

"치사하네."

"치사하지 않으면 먹고살기 힘든 세상이야. 그쪽도 이쪽 물에서 한참 굴러먹은 것 같은데……. 알잖아?"

도건은 쓰게 웃으며 총을 돌려줬다.

제하가 작은 목소리로 물었다.

"형, 진짜로 괜찮아? 그립감은 어때?"

"쏴보지 않아서 확실히는 모르겠는데, 그립감은 좋아. 보기보다 훨씬 가볍고."

"그럼 형, 저 총……."

"아니, 내 건 나중에. 아직 이것도 쓸만하니까."

도건이 허리춤에 넣고 다니는 총을 툭툭 두드리며 주안을 턱으로 가리켰다.

"저 녀석이 들고 다닐 걸 먼저 챙겨야지."

주안은 쓸쓸한 눈으로 판매대 위의 무기를 내려다보고 있었다.

주안의 검은색 눈동자는 총을 향해 있었지만, 그 눈동자에 비치는 건 총이 아니었다.

그날, 이런 무기를 갖고 있었다면, 그녀를 지킬 수 있었을까?

"내가 조금 더 강했더라면……."

빛을 잃어가는 순간에도, 그녀는 주안을 향해 맑게 웃었다.

"미안해…… 먼저 갈게……."

그래서 주안도 웃었다.

꺼져가는 그녀의 눈동자에 비치는 것이 자신의 웃는 얼굴이기를 바라서.

그녀가 안심하고 떠나기를 바라서.

비록 이 심장이 잘게 짓이겨지는 통증에 피를 토할 것만 같아도.

주안은 웃었다.

왜 너였을까?

왜 나였을까?

왜 우리였을까?

왜 하필이면 그날, 그 시간에, 우리는 그곳을 지나갔던 걸까?

몇 번을 고민해도 답은 나오지 않았다.

그녀는 떠났고, 주안은 세상을 잃었다. 그녀가 없는 세상 따위, 사실 아무래도 좋았다.

범이 날뛰든, 사람이 죽든, 신경 쓰고 싶지 않았다.

"우리, 좀 더 평범한 커플이면 좋았을 텐데."

하지만 그녀가 원했기에.

“잘 살 수 있지? 응……? 약속해……. 내가 없어도…… 응……?”

그녀가 소망했기에.

주안은 살아가기로 했다.

“주안이 형.”

제하의 음성에 현실로 돌아왔다.

주안은 천천히 눈을 감았다가 떴다.

시야 끝에 어른거리는 것이 있어서, 그쪽으로 눈을 돌렸다.

노점상 구석에 대충 세워둔 긴 창.

손때 묻은 긴 창이 왜인지 모르게 신경 쓰였다.

마치 꿈결처럼, 긴 머리카락을 흩날리며 장창을 휘두르는 한 여인의 모습이 머릿속을 스치고 지나갔다.

‘나래야.’

이제는 부를 일 없는 그녀의 이름을 속으로 되뇌며 주안은 장창을 손에 쥐었다.

“주안아.”

이제는 들릴 일 없는 그녀의 음성이 들려오는 듯했다.

그녀가 남기고 간 힘이 장창과 공명하듯 낮게 울었다.

이 길고 무거운 창이 범을 사냥하기에 적당하지 않다는 걸 알면서도 주안은 마음을 굳혔다.

"나는 이게 좋겠어."

길고 무거운 장창이 빠르게 움직이는 범과의 싸움에 적당하지 않다는 걸 알면서도, 누구 하나 주안에게 생각을 바꿔보라고 설득하지 않았다.

은은한 미소를 머금은 주안의 눈빛은 서글픈 확신에 차 있었기 때문이었다.

"아, 그거. 좋지. 아주 좋은 무기야."

분위기 파악을 못 한 노점상 주인이 얼른 끼어들었다.

주인은 자리만 차지하고 팔리지 않는 무기를 얼른 팔아치우고 싶었다.

"손에 쥐는 느낌이 딱 이거다 싶지? 길이에 비해서 가벼운 편이고. 그런 장창은 구하기가 힘든데 찾는 사람은 또 얼마나 많은지. 없어서 못 팔아, 없어서. 그래도, 뭐. 기분이다. 딱 15억만 내."

제 15 화
누가 짐승이냐

선심 쓰듯 튀어나온 15억이라는 액수에 제하 일행은 기가 막혔다.

도건이 인상을 찡그리며 말했다.

"이봐, 15억이라니. 말도 안 되는 가격이잖아. 이게 총도 아니고……."

"총이 아니니까 더 귀한 거야. 이런 물건 어디서 찾을 수나 있을 것 같아? 거래소 쫙 돌아다녀 봐. 이 가격에 이만한 물건, 못 사."

"못 사겠지. 누가 그 물건을 그 가격에 팔아?"

빈정거리는 대꾸는 제하 일행의 뒤쪽에서 들려왔다.

"찾을 수도 없겠지. 누가 이런 무기를 갖다 놓겠어?"

주인과 제하 일행의 실랑이에 난입한 청년은 휘적휘적 걸어와서 당연한 듯 제하의 옆에 섰다.

진녹색으로 염색한 머리칼에 밝은 갈색 눈동자가 인상적인 남자였다. 스터드가 잔뜩 박힌 가죽 재킷이 잘 어울렸다.

"넌 또 뭐냐? 괜히 끼지 말고 빠져."

주인이 험악하게 말했지만, 남자는 아랑곳하지 않고 한쪽 입술 끝을 비뚜름하게 들어 올렸다.

"내가 아까 다 봤거든? 그거 한번 팔아보겠다고 지나가는 사람들한테 호객행위 하는 거? 이 사람들 오기 전에는 총 한 자루 사면 덤으로 주겠다고도 했었잖아."

"내, 내가 언제……!"

버럭 외치는 주인의 얼굴이 붉게 달아올랐다.

도건이 한쪽 눈썹을 치켜 올렸다.

"뭐야? 덤으로 넘기려던 무기인데 15억이나 부른 거야? 이봐, 아저씨. 아무리 세상이 다 망해가도 그건 아니지. 우리가 그걸 어디 딴 데 쓰는 것도 아니고, 범 잡는 데 쓰려는 건데……."

"맞아. 이 아저씨는 안 되겠네. 이 가게 바가지 씌운다는 거 다른 범 사냥꾼들한테도 알려야 하는 거 아냐?"

제하가 도건의 말을 거들었다.

지나가던 사람들도 무슨 일인가 싶어서 기웃거리기 시작하자 주인은 안 되겠다 싶었는지 태도를 바꿔서 비굴하게 웃었다.

"아니, 뭐 또 말을 그렇게까지 하고 그러시나? 누가 바가지를 씌우겠대? 다들 우리를 위해서 범 잡느라 애쓰는 거 알지, 알고말고. 어른이 농담 좀 한 걸 가지고…… 응?"

제하 일행은 주인을 지그시 노려봤다.

"아, 진정들 좀 하고. 자, 이거 어때? 이거."

주인이 손에 잡히는 총 하나를 집어서 내밀었다.

"이 총에 저 창까지 해서 딱 15억. 이거, 완전히 밑지는 장사야. 요새 15억으로는 총 한 자루도 못 구하는 거 알지?"

물론 알았다. 거래소에 들어와서 노점상을 돌아다니는 동안, 10억 이하의 총을 보지 못했다.

하지만 통장에 있는 돈은 12억 남짓.

난처해진 제하가 슬그머니 도건 쪽을 돌아보려는데, 반대쪽에 서 있던 진녹색 헤어의 남자가 검지를 하나 들어 올렸다.

"아저씨, 바가지 씌우려고 해서 이 사람들한테 상처 입힌 위자료는 줘야지. 더 깎아. 10억으로 해."

"아니, 무슨 그런……! 그건 말도 안 되지! 이거 아주 도둑놈들 아냐!"

"도둑놈들이라니……. 아저씨가 먼저 사기 치려고 했잖아."

주인은 도와줄 만한 사람을 찾아서 눈알을 굴렸지만 다들 흘끔흘끔 구경만 할 뿐이었다. 요새 같은 세상에서 괜히 남의 일에 끼어들었다가는 죽거나 다쳐도 아무 보상을 받지 못하기 십상이기 때문이다.

그렇다고 해서 성질대로 다 뒤집어엎을 수도 없는 게, 제하 일행은 범 사냥꾼이었다.

범과 싸우는 자들을 평범한 상인이 이길 수 있을 리 없었다.

주인은 끙끙 앓다가 결국 바닥에 침을 퉤, 뱉었다.

"아, 씨. 꿈자리가 드럽더라니……. 가져가라, 이 도둑놈의 새끼들아!"

노점상을 떠나서 거래소를 빠져나올 때까지 제하 일행은 말이 없었다.

거래소를 나온 후에야 제하가 크게 숨을 뱉어내며 말했다.

"10억에 무기를 두 개나 샀어."

"그러게. 야, 도와줘서 고맙다."

도건이 진녹색 헤어의 남자를 돌아보며 말했다.

고개를 숙이고 걷던 남자가 움찔하더니, 흣, 하고 웃었다.

"뭐, 별로. 간다."

획 돌아서서 떠나려는 그의 팔을 제하는 저도 모르게 붙잡았다.

"저기."

"어?"

"나는 제하라고 하는데…… 너는?"

"아, 난 세인."

어색한 자기소개 이후로 잠시 침묵이 흘렀다.

제하와 세인은 자신의 이름만 밝힌 후, 눈을 맞추고 가만히 서 있었다.

도건이 하하하, 웃으며 둘의 등을 탁 두드렸다.

"너네, 뭐 하냐? 왜 벌써 뜨거운 우정이야?"

제하가 얼굴을 붉히고 세인의 손목을 놔줬다.

"아, 미안."

"뭐, 별로. 진짜로 간다."

"잠깐만. 혹시 너도 사냥꾼이야?"

세인의 눈동자가 흔들렸다. 잠시 머뭇거리던 세인이 고개를 끄덕였다.

"어. 왜?"

"따로 속한 팀이 있는 게 아니면 우리랑 같이 다닐래?"

또다시 세인의 눈동자가 일렁, 흔들렸다.

"우리, 곧 큰 싸움을 하게 될 것 같거든."

하지만 제하가 덧붙인 말에 세인의 표정이 굳었다. 맑았던 눈동자에 진득한 공포가 새겨졌다.

붉은 입술을 달싹거리던 세인이 시선을 옆으로 피했다.

"아니, 나는 범과 싸우고 싶지 않아."

범 사냥꾼이 범과 싸우고 싶지 않다니.

제하는 세인의 궤변에 당황했지만, 도망치듯 자리를 떠난 세인을 붙잡을 수 없었다.

불티는 콧등을 찡그리며 팔뚝을 확인했다.

며칠 전, 나래에게 당한 상처가 이제야 아물어가고 있었다.

범은 상처를 입어도 빠르게 회복할 수 있지만 같은 범에게 당한 상처는 그리 쉽게 낫지 않았다.

크르르르르-

그날의 싸움을 떠올린 불티의 목에서 나직한 울림이 흘러나왔다.

"멍청한 것……."

불티는 나래를 싫어하지 않았다. 오히려 나래가 어릴 때부터 귀엽게 여기고 잘 대해주었다.

음력 1월 16일, 결계가 약해지는 날에 인간 세상에 나갔던 나래가 상기된 얼굴로 돌아온 건 약 10년 전의 일이었다.

"되게 귀여운 애를 만났어, 불티."

신나서 얘기하는 나래에게 불티는 분명하게 말했다.

"인간 놈과 어울릴 생각하지 마라, 나래. 그놈들이 우리에게 무슨 짓을 했는지 알고 있잖아!"

하지만 나래는 불티의 조언을 듣지 않았다. 1년에 한 번, 인간 세상에 나갈 때마다 '귀여운 애'를 만나고 돌아오는 듯했다.

저러다가 말겠지, 어차피 시간의 흐름이 다르니 '귀여운 애'

는 조만간 늙어 죽겠지.

그때는 문이 완전히 열릴 줄 몰랐기에 나래를 내버려뒀다.

하지만 결계가 약해졌고, 문은 열렸다.

나래는 뛰쳐나갔고, '귀여운 애'를 만났고, '귀여운 애'를 위해 죽었다.

그토록 오랜 시간 아껴주던 불티에게 상처까지 입히며 '귀여운 애'를 위해 죽어갔다.

"그 멍청한 것이!"

불티의 외침에 여기저기서 작은 비명이 울렸다.

불티는 이글이글 타는 눈으로 철창에 갇힌 인간들을 노려봤다.

인간 놈들은 질색이다.

인간을 좋아하는 범 또한 질색이다.

인간도, 인간을 좋아하는 범도 싹 다 죽여버릴 생각이었으니, 나래도 죽는 게 당연하다.

그래서 죽였다.

하지만 가슴에 남는 이 찝찝함은 무엇일까?

"불티, 제발……."

왜 자꾸 그 멍청한 여자애의 눈물 섞인 눈동자가 떠오르는 걸까?

"사, 살려주세요. 제발……."

"나, 나는 의원이요. 시의원이라고. 나, 나를 살려주면 이런 곳 말고 아주 좋은 집을 줄 수 있소."

"아이만이라도 살려주세요. 네? 제발, 이 애라도 살려주세요."

철창들 사이로 난 통로를 걷는 불티에게 아직 미련이 남은 사람들이 애원하기 시작했다.

개가 짖는 것처럼 시끄러워서 불티는 주먹으로 철창을 때렸다.

콰앙-!

사람들이 움찔 몸을 떨며 고개를 숙였다.

"시끄러워, 버러지들."

불티는 정말이지 인간이 싫었다.

불티가 갇혀 있던 그 세계는 시간의 흐름도, 계절의 흐름도 없는 곳이었다.

풀 한 포기, 나무 한 그루 자라지 않는 곳.

멈춘 시간 속에서도 굶주림은 느껴지지만 지독한 굶주림에도 죽음이 찾아오지 않는 곳.

죽음조차 버린 그곳에서 불티는 아주 긴긴 세월을 살았다.

바로 저 인간 놈들 때문에.

범들을 그 세계에 가둔 주제에 저들은 자기들끼리 하하호호 번식하고 번영했다.

그런데 지금 저 꼴을 보라지.

그때의 힘을 모두 잃고 범에게 매달려 애원하는 꼴이라니.

저런 놈들 때문에 영원처럼 오랜 시간을 고통받아온 건가 싶어서 실소가 나왔다.

제일 안쪽 철창 앞에 멈춘 불티가 철창 안을 들여다봤다.

잿빛 털을 가진 범이 우두커니 앉아 있었다.

"자후."

그의 이름을 부르자 범이 천천히 눈을 떴다.

탁해진 연갈색 눈동자.

불티는 자후가 죽어간다는 걸 알 수 있었다.

"불티……."

자후는 힘겹게 일어나서 불티에게 다가왔다.

한때 친구였던 자후가 죽어가는 모습을 봐도 불티의 눈에 동정심 같은 건 떠오르지 않았다.

"대체 이게 뭐 하는 건가……? 후포 님께서도 자네가 이런 일을 한다는 걸 아시나?"

"알 게 뭐야?"

"불티!"

"그래, 인간들이랑 섞여서 죽어가는 건 어때? 엉? 만족스럽나? 이제 슬슬 인간을 먹어야겠다 싶지 않아?"

자후가 갇힌 감옥 안에는 인간이 여러 명 있었지만, 자후는 굶어 죽을 지경이 되어서도 인간을 먹지 않고 있었다.

이곳은 인왕산 범바위 뒤의 그 지옥 같은 세계와 다르니 죽음이 찾아올 것이다.

"불티, 이제 우리는 인간을 먹지 않아도 살아갈 수 있네. 굳이 이래야 할 필요가 있는가?"

"인간을 먹어야 강해지고, 인간을 먹어야 이 세계를 되찾지."

"왜 되찾으려 하는 거지? 이제 함께 어우러져 살아갈 수도 있지 않나?"

"함께 어우러져? 저놈들은 우리를 배신했어! 너는 그 지독한 세월을 벌써 다 잊은 거냐?"

"오래전의 일이네, 불티. 지독히도 오래전의 일이야."

"내게는, 우리에게는 바로 지금 이 순간의 일이야!"

불티가 소리치자 건물이 쩌렁쩌렁 울렸다.

사람들이 공포에 질려 두 손으로 귀를 틀어막았다.

"자네가 이러는 건 후포 님께서도 원치 않으실 거네."

"아니, 후포 님도 곧 깨달으시겠지. 인간이 얼마나 비열하고 저급한 생물인지."

불티는 주먹으로 철창을 쾅, 내리쳤다.

"인간을 먹어, 자후. 한 놈만 먹어도 풀어줄 테니까."

"나는 인간을 먹지 않아, 불티."

"그래? 그럼 거기서 콱 뒈져버리든가."

호수는 천천히 시선을 돌렸다.

불티와 대화를 나누던 자후라는 범은 이제 숨쉬기도 힘든 듯, 아까보다 약해진 숨을 간신히 이어가고 있었다.

'저 범은 먹을까, 저대로 죽을까?'

아마도 먹을 거라고, 호수는 생각했다.

호수가 이곳에 갇힌 지 열흘이 넘었다.

지독한 고문을 받고도 견뎌냈지만 굶주림만큼은 견디기 힘들었다.

그럴 수만 있다면 저 범을 죽여서 뜯어먹고 싶은 심정이었다.

'배고파. 죽기 싫어. 배고파. 죽기 싫어.'

이런 와중에도 살고 싶다는 생각이 드는 이유를 알 수 없었다.

죽어버리면 고문을 받지도, 배가 고프지도 않을 텐데.

문득 궁금했다.

굶어 죽어가는 와중에도 인간을 먹지 않으려는 저 범과 저 범이 죽으면 먹을 생각만 하는 자신 중, 누가 더 짐승 같은지.

고민할 것도 없는 문제였다.

제 16 화
놓칠 수 없는 빛

하루는 신시의 지도를 펼쳤다.

신시는 중앙에 흐르는 대수를 중심으로 북쪽의 신시가지와 남쪽의 구시가지로 나뉘었다.

신시가지의 중심에는 이살 타워가 있었고, 거기서 더 북쪽으로 올라가면 인왕산이 있었다.

구시가지는 1구부터 20구로 나뉘어 있었는데, 18구부터 20구까지가 대수와 맞닿아 있어서 신시가지와 가장 가깝고 가장 안전한 동네였다.

하루가 가리킨 곳은 19구였다.

"놈들의 본거지는 여기에 있다."

"19구에 있다고? 말도 안 돼. 거긴 그나마 구시가지에서 제일 안전한 곳이라고. 거기가 뚫리면 신시가지도 뚫리는 거라서 경계가 꽤 삼엄해."

도건의 말에 하루가 고개를 옆으로 살짝 기울였다.

잿빛 머리카락이 살랑, 흔들렸다.

"그리 따지자면 지금 이 상황도 이상하지 않느냐? 인왕산은 여기, 신시가지 북쪽에 있는데 왜 신시가지보다 구시가지에 범들이 모이는 걸까?"

"그건, 군대가……."

거기까지 말하고 도건은 입을 다물었다.

군대는 범에게 큰 위협이 되지 않았다.

그나마 묘한 힘을 얻게 된 범 사냥꾼들만이 범의 속도와 힘을 따라잡을 수 있었다.

탱크를 몰고 폭탄을 터뜨려대면 범을 잡을 수야 있겠지만, 범 한 마리를 잡자고 도심에서 폭탄을 날려댈 수도 없는 일이었다.

그럼에도 범은 인왕산에서 가까운 신시가지가 아닌 구시가지에 모여든다.

"나도 그게 이상하다는 생각은 해왔어. 마치 신시가지에 있는 누군가와 계약이라도 한 것처럼 범들이 구시가지만 노리잖

아. 그것도 1구부터 차례로. 물론 그렇다고 해서 신시가지가 완전히 안전한 건 아니지만, 구시가지에 비해서는 범의 습격이 거의 없다시피 해."

주안이 언제나처럼 부드러운 목소리로 말했다.

제하가 미간을 좁혔다.

"하지만…… 대체 누가 범이랑 손을 잡겠어? 범은 인간을 잡아먹잖아."

"모든 범이 그런 건 아니야, 제하야."

주안이 종종 보이곤 하는 슬픈 눈빛을 지으며 말했다.

제하는 주안에게 묻고 싶었다.

주안이 형, 형은 왜 항상 그렇게 울 것 같은 눈빛을 해?

하지만 왠지 물어볼 수가 없었다.

내게도 말하기 힘든 이야기가 있는 것처럼, 그에게도 말하기 힘든 이야기가 있을 것이다.

"범도 인간이랑 똑같아. 사랑을 하고, 증오도 하고, 미워도 하고, 좋아도 하면서 그렇게 살아가지."

"으응……."

그건 제하도 알고 있었다.

제하의 아버지도 범이었고, 제하의 아버지도 사랑을 했으니까.

"그러니까 네 말은 범이라고 해서 막무가내로 인간을 죽이는 건 아닐 거다, 게다가 지금처럼 강해지는 인간들도 생기는 상황에서는 계략을 꾸미는 범도 있을 거다, 라는 거지?"

도건이 이야기를 정리하자 주안이 고개를 끄덕였다.

"응. 아무래도 신시가지에서 제일 가까운 곳에 놈들의 본거지가 있다는 건 뭔가 좀 이상해. 우리가 모르는 큰 힘이 개입되어 있을지도 모르겠어."

무거운 침묵이 내려앉았다.

범 몇 마리 상대하는 것도 버거운 상황에서 또 다른 힘이 끼어든다면 이만저만 힘들어지는 게 아니었다.

이제는 하나의 군단처럼 된 호랑나비 군처럼 인해전술로라도 밀어붙일 수 있다면 좋을 텐데.

답답한 한숨을 내쉬는 제하의 어깨에 하루의 손이 얹어졌다.

선이 고운 손가락이 제하의 어깨를 아프지 않을 정도로 움켜쥐었다.

"한숨을 쉰다고 달라지는 게 있겠느냐. 호랑이 굴에 물려가도 정신만 차리면 산다고들 하지. 우리도 정신 똑바로 챙기고 호랑이 굴에 들어가 보자꾸나."

✧✧✧

세인은 고개를 숙여 허벅지를 확인했다.

허리의 벨트에서 이어지는 검집이 양쪽 허벅지에 하나씩 자리 잡았고, 거기에 얼마 전에 구입한 단도가 한 자루씩 꽂혀 있었다.

제하 일행과 그런 식으로 헤어진 게 마음에 걸려서 한 번 더 만날 수 있지 않을까 싶어 거래소를 찾아갔었다.

제하 일행은 만나지 못했지만 괜히 신경 쓰이는 단도 두 자루를 저렴한 가격에 구입했다.

물론 범 사냥꾼들에게만 저렴할 뿐, 범을 잡아서 현상금을 받아본 적 없는 세인에게는 전 재산을 털어야 할 정도로 비싼 가격이었다.

부모님은 애정을 주지는 않아도 용돈만큼은 과할 정도로 많이 줬다.

반항심 때문에 쓰지 않고 모아둔 돈이 이렇게 유용하게 쓰일 줄은 몰랐다.

거기에 대학 다니면서 번 과외비까지 합쳐서 단도 두 자루를 구입할 금액을 마련한 것이다.

'나는 범 사냥할 생각 없는데…….'

제하가 사냥꾼이냐고 물었을 때, 저도 모르게 고개를 끄덕이고 말았다.

그들에게서 본 같은 전생.

조금 더 그들과 함께 다니며 같은 전생을 가진 이유를 알아보고 싶었다.

아니, 솔직하게 말하자면 그저 소속감을 원했는지도 모르겠다.

제하가 같이 다니자고 제안해줬을 때는 기뻤다.

하지만.

"우리, 곧 큰 싸움을 하게 될 것 같거든."

그 말을 듣는 순간, 공포가 심장을 움켜쥐었다.

범에게 산 채로 삼켜졌던 그 순간의 공포.

캄캄한 범의 뱃속에서 느낀 두려움.

트라우마가 해일처럼 덮쳐와 세인의 숨통을 조였다.

그때는 운이 좋아서 살아남았지만, 또 그렇게 운이 좋으리라는 법은 없었다.

그래서 도망쳤다.

범과 싸우기는커녕 두 번 다시는 범을 마주치고 싶지도 않았다.

그런데도 큰돈을 주고 단검 두 자루를 손에 넣은 이유를 세인은 정말이지 알 수 없었다.

'그 녀석들은 큰 싸움이라는 거 했나? 살아 있기는 한 건가?'

그 후로 일주일이 지났지만 제하 일행을 만나지 못했다.

어제까지는 거래소 근처를 어슬렁거렸지만, 그런 자신이 우스워져서 오늘부터는 거래소에 가는 걸 관뒀다.

19구로 향하는 이유는 그나마 그 근처가 안전하다는 얘기를 들었기 때문이었다.

세인은 범이 출몰할 위험이 없는 곳에서 사람들의 전생이나 구경하며 시간을 때울 생각이었다.

그런데…….

"길이 막혔다고?"

"네, 그렇대요. 18구부터 20구까지 들어가는 길이 막혔대요."

"아니, 누가 길을 막아? 왜 길을 막는 거야?"

"군인들이 쫙 깔렸대요. 아무래도 자기 집을 버리고 그쪽으로 몰리는 사람이 많다 보니 통행을 제한하게 됐나 봐요."

"그게 말이 돼? 그럼 이쪽에 있는 사람들은 다 죽으라는 얘기야?"

터덜터덜 걷던 세인의 귀에 이해할 수 없는 얘기들이 들려왔다.

"차를 타고도 못 들어가나 봐요. 버스 노선도 바뀌었고……."

"아니, 대체 왜……? 그럼 우린 어떡하라고?"

고개를 숙이고 걷느라 몰랐는데 도로가 꽉 막혀 있었다.

차도에는 오가지 못하는 차들이, 인도에는 삼삼오오 모인 불안한 표정의 사람들이 가득했다.

이삿짐 트럭이나 가족 단위의 사람들이 많은 걸 보면 다들 신시가지와 가까운 18구 근처로 이동을 하는 중이었던 것 같다.

세인은 눈을 감고 귀를 기울였다.

범에게 먹혔다가 살아남은 후, 후각과 청각이 전보다 훨씬 좋아졌다.

예민해진 청각에, 저 앞쪽에서 사람들이 길을 막아선 군인들에게 항의하는 소리가 들려왔다.

시끄럽게 떠들어대는 사람들과 달리 군인들의 대답은 절도 있었다.

"상부의 명령입니다."

이유 같은 건 설명해주지 않았다.

세인은 대체 무슨 일이 일어나는 건지 이해할 수가 없었다.

구시가지가 범 때문에 위험한 상황에서 신시가지로 향하는 길을 막아버리다니.

이유도 설명해주지 않고 이런 식으로 길을 막다니.

'이게 진짜 현대에서 벌어지는 일이야?'

기가 막힌 상황에 고개를 뒤로 젖히자 따가운 봄 햇살이 눈을 찔렀다.

'세상이 진짜 어떻게 되려는 거지?'

세인은 혼란에 빠진 사람들을 둘러봤다.

사람들은 공포와 분노와 허탈함과 체념이 적당히 섞인 눈으로 자기들이 가고 싶은 방향을 쳐다보고 있었다.

그런 세인의 눈에 어딘가를 향해 씩씩하게 움직이는 네 남자가 들어왔다.

제하 일행이었다.

세인은 홀린 듯 그들의 뒤를 따라갔다.

그들은 사람들이 향하는 곳과 반대 방향을 향해 걷고 있었다.

그렇게 걷던 이들이 멈춘 곳은 인적이 드문 골목이었다.

귀를 기울이자 하루가 바닥을 가리키며 하는 소리가 들려왔다.

"여기다. 그놈들이 이리로 들어가서 저쪽으로 걸어가는 것까지 봤지."

하루의 손가락이 세인이 있는 방향을 가리켰기에 세인은 얼른 주차된 차 뒤로 몸을 감췄다.

그때, 세인의 눈에 자신이 숨어 있는 차 옆을 달려가는 남자가 보였다.

헐렁한 조거팬츠에 흰색 점퍼를 걸친 그를 향해 제하가 손을 번쩍 들었다.

"환, 여기야!"

제하 일행은 '환'이라는 남자를 환영해주고, 하루는 어깨에 메고 있던 활을 환에게 건넸다.

"이 무기는 네가 쓰면 될 것 같구나."

환은 비장한 표정으로 활을 받아들었다.

그들은 잠시 작은 목소리로 대화를 나눈 후, 거침없이 맨홀 뚜껑을 열고 그 안으로 들어갔다.

그들이 사라진 후, 세인은 주위를 둘러보다가 맨홀 쪽으로 걸어갔다.

캄캄한 구멍이 세인을 집어삼키려는 듯 입을 벌리고 있었다.

실제로 세인을 집어삼켰던 범의 아가리를 떠오르게 해서 심장이 쿵쾅쿵쾅 아프게 뛰었다.

하루가 말한 '그놈들'이라는 것은 분명 범을 말할 것이다.

'어떡하지?'

고민할 것도 없었다.

그냥 돌아서서 가던 길을 가면 그만이다.

누구도 세인에게 오라고 하지 않았고, 누구도 세인이 이 자리에 있었다는 걸 알지 못했다.

딱 한 번 마주쳐서 대화를 나눈 제하 일행의 생사 따위는 아무래도 좋았다.

아무래도 좋아야 하는데…….

"에이 씨! 나도 모르겠다."

호랑나비 군의 총대장인 동철은 경태의 전화를 받았다.

경태는 제하 일행이 맨홀 안으로 들어갔으며, 아무래도 범을 잡으려는 것 같다고 했다.

[어떡할까요, 대장?]

“내가 뭐라고 했지? 그놈들은 죽여두는 게 낫다고 했지?”

[그, 그렇긴 한데……. 대장, 제가 그동안 지켜봤는데…… 그렇게까지 나쁜 놈은 아닌 것 같더라고요. 범도 열심히 잡고…….]

동철은 한숨을 삼켰다.

교도소에서 만난 경태는 아직 초범이라 그런지 순진한 면이 남아 있었다.

잡혀 온 것도 친구들이랑 같이 술 마시고 강도질을 하다가 잡혔는데, 친구들이 죄를 전부 경태에게 떠넘겼다고 들었다.

약간은 멍청한 경태가 동철은 싫지 않았다.

멍청한 놈들은 잘해주면 잘해주는 만큼 충성을 바치기 때문이었다.

“그놈들은 반드시 이 세상에 혼란을 가져올 거다, 경태야.”

동철은 달래듯이 말했다.

"내가 말한 게 틀린 적이 있었냐?"

[어, 없긴 한데…….]

물론 없겠지.

동철은 비릿한 미소를 지었다.

술을 마셔도 안 마셔도 폭력을 휘두르는 아버지를, 어머니는 견디지 못하고 도망쳤다.

"엄마가 꼭 데리러 올게. 알겠지, 동철아? 착하게 지내면 엄마가 꼭 데리러 올게."

그래서 착하게 지냈다.

아버지에게 맞아도 울지 않고, 고작 일곱 살인데도 집안일까지 하며 몇 년을 착하게 지냈다. 하지만 아버지의 폭력은 점점 심해졌고, 어머니는 돌아오지 않았다.

그 어린 나이에 동철은 깨달았다.

세상에 믿을 사람은 나 자신밖에 없다는 거.

그 후로 안 해본 일이 없었다. 도둑질도 하고, 사기도 치고, 강도질도 하고…….

하지만 동철은 자신을 믿었다.

언젠가 한방 큰 걸 터뜨려서 누구도 무시하지 못할 사람이 될 거라고.

어느 누구도 감히 내 말에 토 달 수 없는 그런 위치에 앉고 말 거라고.

'그리고 그렇게 됐지.'

동철의 눈이 번뜩였다.

'나는 이 자리에 앉았어. 어느 누구도 넘볼 수 없는, 모두가 굽실거리는 이 자리. 내 말을 모두가 믿고 따르며 토 달지 않는 자리.'

범이 날뛰고 호랑나비의 규모가 커질수록 동철의 앞에서 고개를 숙이는 이들이 많아졌다.

얼마 전에 만난 경찰청장조차도 동철에게 굽실거리며 범들을 잘 부탁한다고 말했다.

예전이라면 있을 수 없는 일이었다.

한 번 잡은 권력은 동철의 눈을 멀게 만들었다.

아니, 어쩌면 이미 멀어버린 눈에 새로운 빛이 들어왔는지도 모른다.

그 빛은 무척이나 찬란하고 영광스러워서 다른 것들을 잊게 만들었다.

동철은 그 빛을 놓치지 않기 위해 무엇이든 할 수 있었다.

동철은 단호하게 말했다.

"성진이네 팀을 보내주마. 협력해서 그놈들을 제거해."

제 17 화

나를 지켜줘

습한 공기에 불쾌한 냄새가 섞여 있었다.

제하는 손등으로 코를 막으며 주위를 둘러봤다.

빛 한 점 없는 맨홀 안에서도 어느 정도 시야를 확보할 수 있었다.

경계가 사라지고 문이 열리기 전에는 이러지 않았다.

남들보다 밤눈이 밝긴 해도 이렇게 어두운 곳에서 잘 보일 정도는 아니었다.

"난 요새 밤눈이 좀 좋아진 것 같아. 당근을 즐겨 먹는 것도 아닌데."

제하의 뒤를 따라오던 도건의 말에 잠시 웃음이 퍼졌다.

제하는 도건이 일행이라서 다행이라고 생각했다.

문신이 가득해서 무서워 보이는 외모와 다르게 도건은 나이보다 어른스러운 면이 있었다.

그래서 종종 분위기가 너무 무거워질 때마다 적절하게 끼어들어 공기를 부드럽게 순환시켰다.

"저건 뭘까?"

환이 가리킨 곳에는 굵은 나무줄기 같은 게 있었다.

쇠로 만들어진 것 같기도 하고 그 외의 물질로 만들어진 것 같기도 했다.

검붉은 색의 그것은 마치…….

"혈관 같아."

주안이 중얼거렸다.

혈관.

주안의 표현대로였다.

여러 개 줄기가 꼬이듯 늘어진 그것은 혈관 같았고, 끝도 보이지 않을 정도로 길게 이어져 있었다.

신시의 혈관.

그렇게 생각하자 소름이 끼쳐서 제하는 몸을 부르르 떨었다.

도건이 겁도 없이 그것을 향해 손을 뻗었다.

"전선 같은 걸까?"

덥석-!

도건의 손가락이 그것에 닿기 전, 하루가 그의 손목을 잡고 고개를 저었다.

"만지지 않는 게 좋겠구나. 아직 저게 뭔지 모르잖느냐."

"그거야 그런데…… 뭐, 병균이라도 있겠어? 전선일 것 같은데."

"전선이라기에는 너무 두껍지 않아? 우리 팔뚝보다 두꺼운데."

"하루 팔뚝보다는 두껍겠지만 내 팔뚝보다는 아닐걸."

도건이 팔에 힘을 주며 말했다.

하루가 혀를 찼다.

"애구나, 애. 덩치만 컸지, 애야."

하루와 도건이 육체미를 두고 티격태격하는 동안, 제하는 소리를 들었다.

두……쿵……두……쿵…….

일정한 속도를 가진 그 소리를 어디선가 들어본 적이 있는 것 같다고 생각했다.

그때, 도건이 걸음을 멈추고 오른손을 들었다.

도건의 눈동자가 슬쩍 뒤쪽을 향했다. 뒤에서 누군가 따라온다는 뜻이다.

제하 일행은 조용히 무기에 손을 얹었다.

아무것도 모르는 척 걸으며 상대가 충분히 다가오기를 기다렸다.

공격이 들어갈 것 같은 순간, 제하가 먼저 그쪽을 향해 몸을 날렸다.

날카로운 검 끝이 상대의 미간을 노렸고 환이 당긴 화살 끝이 상대의 심장을 겨눴다.

제하의 검이 놈의 미간을 꿰뚫기 전, 제하의 눈동자에 익숙한 얼굴이 비쳤다.

"세……."

휘리릭-!

이름을 미처 다 부르기도 전에 날아온 밧줄이 세인의 발목을 묶었다.

기우뚱, 넘어지려는 세인의 허리를 제하가 얼른 받쳐서 끌어당겼다.

졸지에 제하에게 안긴 세인이 오만상을 찌푸렸다.

제하도 같은 표정으로 세인을 던지듯 놔줬는데, 여전히 발

목이 묶여 있던 세인이 또 넘어질 뻔한 바람에 다시 끌어안듯이 도와주는 수밖에 없었다.

한바탕의 소란이 벌어진 후, 밧줄에서 벗어난 세인이 한쪽 눈썹을 들어 올리며 말했다.

“동료가 되자더니, 이런 식으로 신고식을 하나 보지? 아주 대단한 신고식이셔.”

“미안. 범인 줄 알고.”

제하가 담백하게 사과하며 손을 내밀었다.

세인은 제하의 손바닥을 탁 쳐냈다.

“뭐, 됐고. 대체 어딜 가는 거야? 설마 범들이 우글거린다거나, 그런 데에 가는 건 아니겠지?”

“왜 아니겠어?”

도건이 어깨를 으쓱하며 대꾸하자, 세인이 기가 막힌 듯 웃었다.

“이 멤버로 범들 본부나 뭐, 그런 데 가려는 거라면 관둬. 그 대단한 호랑나비도 못 한 일이야. 너네 다섯 명이서 할 수 있을 것 같아?”

“여섯이야.”

“뭐?”

"여섯."

제하가 세인을 가리키며 씩 웃었다.

세인의 눈동자가 술렁, 흔들리다가 제자리를 되찾았다.

"난 안 죽을 거야."

"우리, 죽으러 가는 거 아니야. 살려고 가는 거지."

"웃기는 소리. 이 멤버로 공격해봐야…… 되겠어?"

"네가 뭔가 오해하는 모양인데……."

도건이 세인의 어깨에 팔을 둘렀다.

"싸우러 가는 거 아니야. 염탐하러 가는 거지. 한번 가서 둘러보고, 안 되겠다 싶으면 도망치고, 되겠다 싶으면 한 놈이라도 잡아보려고."

제하 일행도 적들의 본거지에 막무가내로 쳐들어가서 싸움을 벌일 정도로 무모하지는 않았다.

오늘은 어디까지나 염탐.

그들의 본거지가 확실하게 어디인지, 그곳의 구조는 어떤 식인지, 규모는 얼마나 되는지 확인하기 위해서였다.

그 과정에서 예기치 못한 싸움이 벌어질 수도 있기에 다들 준비를 단단히 하고 온 것뿐이었다.

그제야 세인의 눈빛이 누그러졌다. 겁에 질린 듯 아까부터

거칠었던 호흡도 한결 부드러워졌다.

세인은 오만한 척 턱을 들어 올리며 말했다.

“좋아, 합류해주지. 대신, 위험한 상황이 오면 날 지키겠다고 약속해.”

경태는 팀원들과 함께 맨홀 앞에서 성진의 팀을 기다렸다.

경태에게 있어서 성진은 동철 다음으로 존경하는 선배였다.

동철의 오른팔.

성진은 자신을 그렇게 지칭했고, 동철 역시 그리 생각하는 듯했다.

언젠가 경태도 큰 공을 세워서 동철에게 더 가까이 다가서고 싶었다.

처음 들어간 교도소. 만약 동철이 없었다면 그 생활에 익숙해지지 못했을 것이다.

누구에게나 ‘덜 떨어진 놈’이라고 불리는 경태를 동철은 언제나 감싸줬었다.

덕분에 험한 사람들만 모인 교도소에서도 큰 괴롭힘을 당하지 않았다.

가까운 곳에 있었던 건지 성진은 금방 나타났다. 성진의 뒤로 훈련을 잘 받아서 절도 있는 1팀 팀원들이 보였다.

1팀은 호랑나비 군에서도 가장 강한 사람들로만 구성된 팀이었다.

“경태야, 기다렸냐?”

“아닙니다, 형님.”

“형님은 무슨. 너도 이제 나랑 같은 팀장인데.”

“아, 아닙니다. 1팀 대장이신 형님과는 차원이 다르죠.”

경태의 대답이 마음에 들었는지, 성진은 경태의 머리를 쓰다듬어주고 맨홀을 내려다봤다.

맨홀 뚜껑은 여전히 열린 채였다.

“그놈들이 이 안으로 들어갔다고?”

“네. 다섯 명이 들어갔는데 그 후에 또 호리호리한 놈이 따라 들어갔습니다.”

“그럼 여섯 명인가……? 흐음.”

성진은 맨홀을 내려다보며 궁리했다.

따라갈 것인가, 모르는 척할 것인가.

동철의 명령을 받아서 경태를 도와주러 오긴 했지만, 영 내

키지 않는 일이었다.

박물관에서 부딪쳤던 제하 일행은, 성진의 팀보다 수도 적고 무기도 형편없었다.

하지만 강했다.

어찌나 강한지, 마치 범을 상대하는 것 같은 기분을 느꼈다.

만약 저 안에 들어간 놈들 모두 제하와 비슷한 실력을 가졌다면 쉽지 않은 싸움이 될 터였다.

'총대장님이 이 멍청한 놈한테 팀까지 만들어서 여기로 보냈다는 건 미끼로 쓰라는 뜻이겠지.'

경태 팀이 먼저 놈들을 상대하게 해서 힘을 뺀 다음에 뒤에서 협력하면 쉽게 제거할 수 있을 것이다.

"경태야. 내가 생각했을 때, 이 좁은 맨홀에 우르르 몰려 들어가는 건 비효율적이거든. 안 그러냐?"

"네, 형님 말씀이 맞습니다."

"그래, 그러니까 이렇게 하자. 나는 이 근처를 지키고 있을 테니까, 너희 팀이 들어가서 그놈들이 어디로 가는지 확인해 보는 거야. 그다음에 나한테 알려주면 우리 팀이 가서 너희를 도울게. 어떠냐?"

경태는 의심 없이 성진의 제안을 받아들였다.

평소에는 멍청해서 답답한 놈이지만 이렇게 쉽게 믿어주는 면은 좋았다.

경태 팀은 어중이떠중이의 모임이었다.

경태 팀이 제하 일행을 이기는 일은 없을 것이다.

'실컷 당하고 있을 때 내가 등장해서 제하 놈을 죽여버리면 그 공은 내 것이 되겠지."

꿩 먹고 알 먹고.

누이 좋고 매부 좋고.

팀과 함께 맨홀 안으로 들어가는 경태를 보며, 성진은 비리게 웃었다.

제하 일행이 걸음을 멈춘 이유는 문을 발견했기 때문이었다.

이곳으로 걷는 와중에도 몇 개의 철문을 지나치기는 했지만 전부 지하수로 여기저기에 뻗어 있는 혈관 같은 줄기에 가려져 있었다.

하지만 지금 발견한 문은 혈관 같은 줄기로 가려지지 않았다.

그 뒤에 무엇이 있을지 모르기에 잠시 머뭇거리는데, 환이 성큼성큼 다가갔다.

도건이 환의 어깨를 잡았다.

"서두르지 마."

"내 동생이 저 문 너머에 있을지도 몰라."

환의 갈색 눈동자는 지독한 슬픔과 절망, 그리고 광기에 휩싸여 있었다.

환은 자신의 여동생인 주희가 아직까지 살아 있을 리 없다는 걸 알았다. 알면서도 아주 작은 희망을 놓칠 수가 없었다.

어쩌면. 정말로 어쩌면. 세상에는 기적이라는 게 분명히 존재하니까. 그러니까 어쩌면.

소중한 이의 생존을 희망하는 마음을 그 자리에 있는 모두가 알기에 더는 환을 말리지 않았다.

환은 거침없이 문을 열었다.

끼이이익-

쇠가 긁히는 기분 나쁜 소리와 함께 문이 열렸다.

위험은 없었다.

하지만 상상도 못 한 광경이 그곳에 존재했다.

"이게…… 다 뭐야? 여기…… 대체 뭐지?"

그곳은 마치 게임에서나 보던 지하 던전 같았다.

어디에 쓰이는지 알 수 없는 수많은 기계와 여기저기서 울려 퍼지는 기계음.

거뭇거뭇한 기계들은 지하수로에서 본 것 같은 기분 나쁜 관과 연결되어 있었다. 그 관은 천장과 바닥, 벽면을 타고 어딘가로 이어졌다.

"여기, A 백화점 지하인 것 같아."

그렇게 말한 건 주안이었다.

주안은 벽면에 쓰인 〈주차장〉이란 글씨 위의 작은 글씨를 가리켰다.

분명 〈A 백화점〉이라고 쓰여 있었다.

"여기가 A 백화점이라고? 말도 안 돼. A 백화점은 아직 운영 중이야. 내가 어제 인터넷으로 확인해봤다고."

세인이 새된 목소리로 말했다.

도건이 기계에 가까이 다가가서 살펴보며 중얼거렸다.

"하루 이틀 사이에 만들어진 게 아닌 것 같은데……. 어떻게 백화점 지하 주차장에 이런 게 있을 수 있는 거지?"

쿠웅…… 쿠웅…….

일정한 속도로 뛰는 기계음에 제하는 정신이 나갈 것만 같았다.

천장의 전구 몇 개가 내뿜는 어스레한 빛 아래에서 기계들은 마치 인간의 장기처럼 보였다.

'이 소리는 꼭 심장 박동 같고…….'

구역질이 나는 곳이라는 생각을 하던 차에 기묘한 것이 눈에 들어왔다.

그것은 쥐와 같은 얼굴에 거미 같은 몸통을 가진 기괴한 생물이었다.

핏빛 눈동자를 가진 '그것'은 제하와 눈이 마주치자 쪼르르 기계들 사이를 빠져나갔다.

'저걸 놓치면 안 돼!'

제 18 화

기묘한 생물

불현듯, 그런 생각이 들었다.

제하가 달려가려는데 세인이 제하의 손목을 잡았다.

"어, 어디 가?"

"방금…… 뭔가를 봤어."

"뭘 봤는데? 범이야? 범이 나타났어? 어서 날 지켜!"

세인이 겁에 질린 듯 주위를 두리번거렸다.

"아니, 방금……."

제하 역시 두리번거리며 '그것'의 흔적을 찾으려 했지만 예민해진 청각에도 그것이 움직이는 소리는 들리지 않았다.

이미 도망친 것 같다.

"되게 이상하게 생긴 걸 봤어. 쥐처럼 생겼는데, 몸통은 거미 같고…… 그리고 날개가 있었어. 잠자리 날개 같은 거."

"뭐야, 그게……?"

"몰라. 그런 게 있었어. 넌 못 봤어?"

"못 봤지. 그런 게 있을 리 없잖아."

세인과 실랑이를 하는 동안, 도건과 주안, 환도 다가왔다.

그들에게도 방금 본 이상한 생명체에 대해서 설명했지만,

"제하야. 긴장한 건 알겠는데, 정신 똑바로 차려."

라는 소리만 들었다.

그런 와중에도 초조한 듯 활을 꽉 쥐었다가 놓기를 반복하던 환이 말했다.

"얼른 가자. 여기가 뭐든, 지금 우리는 할 일이 있잖아."

환은 이곳에 생존자들이 갇혀 있을 거라고 생각하는 듯했다.

모두 그럴 가능성이 적을 거라고 생각했지만 환에게 그 사실을 상기시켜주지는 않았다.

"다들 이리로 와 봐라."

기분 나쁜 기계음 사이로 하루의 목소리가 울려 퍼졌다.

하루가 있는 곳으로 가자 비상구 계단이 있었다.

하루가 비상구 위쪽의 천장을 가리켰다.

요새 같은 세상에는 공부 잘해서 의사가 되는 것보다 범 사냥 재능을 발견해서 범을 잡는 게 훨씬 대우받았다.

"이런 데 뭐가 있다는 걸까요, 대장?"

뒤따라오던 팀원 한 명이 물었다.

성진이야말로 궁금했다.

대체 그놈들이 왜 이 백화점 지하에 숨어든 걸까?

아까 경태의 보고로는 제하 일행이 전부 이 백화점의 지하로 들어간 것 같다고 했다.

[그런데 형님, 여기 좀 이상한 것들이…….]

"경태야. 일단 그놈들 따라잡고, 틈 봐서 공격해라. 나도 금방 거기로 내려갈 테니까."

경태가 무어라 말하려는 걸 끊은 이유는 괜히 얼른 와서 도와달라고 채근할 것 같았기 때문이었다.

성진은 충분한 시간을 들여서 경태가 제하 일행의 힘을 쫙 빼놓은 후 멋지게 등장할 계획이었다.

***

기분 나쁜 관은 지하 3층으로 이어졌다.

지하 3층은 지하 2층과 달리 평범한 지하 주차장처럼 보였다.

다만 주차된 자동차가 하나도 없었고, 마치 공사라도 하는 듯 여기저기 건축자재가 널려 있었다.

"건축자재는 위장용인 것 같고……."

도건이 중얼거리며 비상구 문 맞은편을 가리켰다.

"저기가 놈들의 본부인 것 같은데."

넓은 주차장의 반 정도가 벽으로 가로막혀 있었다. 원래부터 있던 벽이 아닌, 만든 지 오래되지 않은 벽처럼 보였다.

그 중앙에는 철문이 하나 있고 지키는 사람은 아무도 없었다.

제하 일행은 비상구 문을 나가지 않고 반만 연 채로 바깥의 동태를 살피는 중이었다.

"어떡할까?"

도건의 질문에 세인이 얼른 대꾸했다.

"어떡하긴 뭘 어떡해? 여기에 뭔가 있다는 걸 확인했으니까 이제 그만 나가서 알려야지. 이 백화점 지하에 수상한 게 있다고."

"아니."

환이 비상구 문을 벌컥 열었다.

"나는 지금 가."

"야! 미쳤어?"

세인이 두 손으로 환의 팔뚝을 꽉 잡았다.

"이거 놔."

"못 놔. 만약 저기가 진짜로 범의 본부면 우리끼리 할 수 있을 것 같아? 절대 못 해. 밖에 나가서 도와줄 사람들을 구해서 돌아오는 게 나아."

"만약 저기 내 동생이 갇혀 있으면…… 구해야 해. 지금도 늦었어. 만약 도와줄 사람을 찾다가 더 늦으면?"

"그러다가 네가 뒈지면 아무 소용도 없잖아."

"상관없어."

환이 세인을 뿌리쳤다.

"나는 확인해야겠으니까."

"그래, 같이 가자."

도건도 환에게 동참하듯 허리를 폈다.

주안이 어떻게 하냐는 듯 제하를 돌아봤다.

제하는 환과 도건의 마음을 이해했지만, 세인의 말도 옳다고 여겼다.

지금 이 자리에 있는 건 고작 여섯 명뿐.

이 인원으로 범의 본부에 쳐들어가는 건 자살행위였다.

"하루야."

하루가 고개를 끄덕하더니, 오랏줄을 던졌다.

오랏줄은 생명을 가진 것처럼 환과 도건을 향해 날아가 그들의 팔을 하나씩 꽁꽁 묶었다.

오랏줄 끝을 잡고 있던 하루가 끌어당기자, 환과 도건은 버티지 못하고 끌려오다가 털썩 넘어졌다.

그런 두 사람을 내려다보며 하루가 말했다.

"이놈들아. 너희는 지금 두 놈이서 내 힘 하나도 못 이긴다."

"상관없어."

환이 이를 으득 갈며 말했다.

"나는 내 동생을……."

절컹-!

환의 목소리를 끊고 철문 열리는 소리가 울려 퍼졌다.

제하 일행은 숨을 멈추고 그쪽을 돌아봤다.

범 두 마리가 나오고 있었다.

불티라는 범은 아니었다.

둘 다 범의 귀가 달려 있었는데, 한 놈은 노란색, 한 놈은 회색에 검은 줄무늬가 있었다.

자세히 살펴보니, 피부도 귀의 털과 비슷한 색깔이었다.

"미친 새끼라니까, 아주."

회색 범이 킬킬거렸다.

"눈빛이 요상한 놈이다 싶긴 했는데 진짜로 자후를 먹어치울 줄이야. 그놈이 범인지 우리가 범인지 모르겠네."

"자후는 인간 놈들 지키겠답시고 굶어 죽었는데 그걸 뜯어먹다니……. 소름 끼치는 놈이야."

"그냥 내버려둬도 되나? 위험한 놈 같은데 죽여버렸어야 하는 거 아냐?"

"놔둬도 죽을걸. 일단 불티 님한테는 보고해뒀으니까 불티 님이 알아서 하시겠지."

불티, 라는 이름이 나오자 도건과 주안이 무기를 세게 움켜쥐었다.

범들은 비상구 쪽을 향해 걸어오고 있었다.

제하 일행은 서로 눈빛을 나눴다.

세인이 제하를 향해 입 모양으로 말했다.

'날 지켜.'

농담인 줄 알았는데, 진짜였구나.

제하는 고개를 절레절레 저으며 검 손잡이를 쥐고 하루를 돌아봤다.

하루가 오랏줄을 던지는 것과 동시에 제하와 주안이 범을 향해 몸을 날렸다.

갑작스러운 공격에 범들은 제대로 대응하지 못했다.

오랏줄이 범 두 마리의 발목을 묶었고, 제하의 검이 회색 범의 옆구리를 깊이 베었다.

주안의 창이 노란 범의 복부를 관통했다.

주안은 범을 꿰뚫은 채로 창을 들어 올렸다.

"크허어어어엉!"

노란 범이 괴성을 지르며 팔을 휘둘렀다. 순식간에 길어진 손톱이 제하의 머리를 썰어내려는 듯 날아왔다.

제하는 간발의 차로 머리를 숙여 손톱을 피했다. 피하지 못한 머리카락 몇 올이 손톱에 잘려 떨어졌다.

노란 범은 거기서 멈추지 않고 손으로 주안의 창 자루를 쥐었다. 주먹에 혈관이 튀어나올 정도로 힘을 줬지만 어째서인지 주안의 창은 부러지지 않았다.

"구역질 나는 인간 놈……."

노란 범이 송곳니를 드러내며 주안의 목을 조르기 위해 두 손을 뻗었다.

그때.

쌔액-!

바람을 가르고 날아온 화살이 노란 범의 미간을 정확하게 꿰뚫었다.

주안이 돌아보자, 두 번째 활시위를 당기는 환이 눈에 들어왔다.

이곳에 오는 내내 동생 걱정으로 흥분한 상태였던 환은, 막상 전투가 벌어지자 냉정을 되찾았다.

그의 눈동자는 정확하게 표적을 찾아냈고, 그의 뇌는 그 표적을 맞히기 위해 어느 정도의 힘이 필요한지 예측했다.

쌕-!

활시위를 떠난 화살이 이번에도 정확하게 노란 범의 이마에 꽂혔다.

첫 화살을 맞고도 날뛰던 범은 두 번째 화살을 버티지 못하고 축 늘어졌다.

주안은 제하를 돕기 위해 돌아봤지만 제하 쪽의 상황도 이미 끝난 후였다.

제하가 상대하던 범은 세인의 단검에 난도질당해서 제 형체를 알아볼 수 없는 지경이 되어 있었다.

"죽여버릴 거야. 범 새끼들. 전부 다 죽여버릴 거야. 너희 같은 건, 전부 다……."

세인은 회색 범의 배 위에 올라타 이미 죽은 회색 범의 심장을 계속해서 단검으로 찔러대고 있었다. 내내 공포에 질려서 "날 지켜."라고 말할 때와는 완전히 딴판이었다.

주안이 놀라서 제하를 쳐다보자, 제하가 자신도 모르겠다는 듯 어깨를 으쓱했다.

후방을 살피던 도건이 휘적휘적 걸어와서 세인의 어깨에 손을 얹었다.

세인이 경기하듯 놀라며 단검을 쥐고 돌아봤다.

도건이 씩 웃었다.

"나까지 죽이게?"

"어……? 아……."

세인은 자기가 무슨 짓을 했는지도 몰랐던 것 같다.

어리둥절한 표정으로 피에 젖은 자신의 손을 내려보다가 두 눈을 질끈 감았다.

"아니, 나는……."

"너, 잘 싸우더라. 빠르고, 정확했어."

도건의 칭찬에 세인이 고개를 숙였다.
“아니, 뭐. 별로.”
“잘했어. 그런데 무서우니까 피 좀 닦자.”
도건이 세인의 얼굴에 튄 피를 손바닥으로 쓱 닦아주었다.
도건이 피를 닦아주는 동안 순순히 얼굴을 맡기고 있던 세인이 일어나며 말했다.
“나, 이제 싸울 수 있을 것 같아.”
세인의 눈동자는 철문을 향해 있었다.
“어쩔 거야? 우리, 저기 들어갈 거야?”
“이렇게 소란이 벌어졌는데도 아무도 안 나와보는 걸 보면 범이 드글드글한 것 같진 않은데…….”
도건이 제하를 돌아봤다.
제하가 고개를 끄덕였다.
“응, 가보자.”
그들은 망설임 없이 철문을 열었고.
지옥을 보았다.

제 19 화

살고 싶었다

역겨운 냄새로 가득 차 있었다.

양쪽으로 늘어선 철창 안마다 죽어가는 사람들로 가득했다.

이미 죽어서 썩어가는 시신도 있었다.

그나마 살아남은 사람들의 눈에는 빛이 없었다.

희망도, 의지도 잃어버려서 탁해진 눈동자.

제하 일행이 문을 열었는데도 그들은 반응을 보이지 않았다.

지옥도였다.

철퍽-

안으로 한 걸음 내디딘 제하는 바닥이 검붉은 액체로 가득하다는 걸 깨달았다.

입구 맞은편 끝의 의자에 묶인 남자의 몸에서 비슷한 색깔의 액체가 흘러나오고 있었다. 그 남자는 고개를 푹 숙인 채, 미동도 없이 앉아 있었다.

남자에게서 시작된 피는 바닥을 흠뻑 적시고, 배수구로 흘러내려 갔다.

"우욱……."

세인이 구역질하는 소리에 제하는 정신을 차렸다.

"어서 구하자. 범들이 오기 전에."

제하 일행은 빠르게 움직였다.

철벅- 철벅-

움직일 때마다 튀는 피가 신경 쓰였다.

아니, 슬펐다.

의자에 묶인 남자는 차게 식은 후였다.

조금만 더 빨리 들어왔더라면 구할 수 있었을까?

제하와 세인이 철창의 자물쇠를 베어내면 하루와 도건, 환과 주안이 안에 있는 사람들을 끌어냈다.

"다들 정신 차려요! 어서 빠져나가야지."

"어서 도망쳐야 합니다! 어서요! 서둘러요!"

제하 일행의 외침에 사람들의 눈에 하나둘씩 빛이 돌아왔다.

그제야 사람들은 이 지옥에 도움의 손길이 닿았다는 걸, 자신들은 살아날지도 모른다는 걸 깨달았다.

하지만 그들은 오랜 굶주림과 고문으로 지쳐 있었기에 서둘러 도망치기 힘든 상황이었다.

그래도 서로 부축하고 격려하며 이 지옥을 빠져나가기 위해 애썼다.

물론 그런 와중에도 먼저 살겠다고 옆 사람을 밀치는 사람도 있었지만 제하 일행은 그런 사람까지 일일이 신경 쓸 겨를이 없었다.

열어야 할 철창은 너무 많았고, 아직 갇힌 사람도 많이 남아 있었다.

"버, 범 사냥꾼이다!"

"도와줘요. 살려주세요!"

그때, 입구에서 소란이 일어났다.

마침 자물쇠를 검으로 잘라낸 제하가 뒤를 돌아보자, 경악에 찬 경태가 눈에 들어왔다.

경태와 경태의 팀원들은 예기치 못한 참상에 당황한 듯 굳어 있었다.

“거기! 그러고 있을 때가 아냐. 사람들이 탈출할 수 있게 도와줘!”

제하의 외침에 경태가 퍼뜩 정신을 차리더니 자신의 팀원들에게 지시를 내렸다.

제하는 경태 일행이 반가웠다.

평소에는 사사건건 신경을 건드리는 호랑나비의 일원이지만, 지금은 도움의 손길 하나가 절실한 상황이었다.

경태 팀의 도움을 받자 철창을 여는 속도가 빨라졌다.

마지막 철창에 다다랐을 때, 제하 일행은 할 말을 잃고 움직임을 멈췄다.

“저거……, 설마 범을 먹은 거야?”

세인이 믿을 수 없다는 듯 중얼거렸다.

철창 안에는 정말로 믿기 힘든 광경이 펼쳐져 있었다.

그 안에 갇힌 사람은 단 두 명.

하나는 범이고, 하나는 인간이었다.

노란색에 검은색 줄무늬를 가진 범은 뜯어먹혔고, 갈색 머리칼을 가진 인간은 얼굴에 피칠갑을 한 채 쓰러져 있었다.

“살아 있긴 한 건가?”

도건이 철창 안으로 들어가 보려고 할 때였다.

"마, 막혔어!"

생존자들과 함께 나갔던 경태가 되돌아왔다.

"위로 올라가는 계단이 막혔어. 아래로 내려갈 수도 없고!"

경태의 설명에 따르면 지하 1층과 지하 4층으로 가는 문이 단단하게 막혀 있다고 했다.

도건이 물었다.

"총으로 쏘면?"

"그런 상황이 아냐. 아예 콘크리트를 부어서 막았다고."

아무래도 이 끔찍한 공간을 만들어낸 누군가는 지하 2층과 지하 3층에 아무나 드나들지 못하게 하기 위해 비상구 계단을 막아버린 모양이었다.

이곳에 드나들기 위해서는 지하수로를 이용해야만 하는 것이다.

"그럼 여기까지 온 길로……."

거기까지 말한 제하가 입을 다물었다.

온몸의 솜털이 비쭉 서는 느낌이 들었다.

뭔가 이쪽으로 오고 있다.

⁂

인간을 잡아 오기 위해 6구로 나갔던 불티는 자후가 인간에게 잡아먹혔다는 연락을 받고 본부로 돌아왔다.

잘 잠그고 다니는 비상구의 문이 열려 있을 때부터 이상하다는 생각은 했다.

하지만 비상구를 나가서 제일 처음으로 발견한 것이 자신의 동족일 줄은 꿈에도 몰랐다.

크르르르르르-

불티의 목에서 잔혹한 맹수의 신음이 흘러나왔다.

불티와 함께 있던 세 명의 범들도 송곳니를 드러냈다.

범들의 손톱이 땅에 닿을 만큼 길어지고 은은한 살기가 검은 안개에 물들었다.

"크허어어엉!"

분노에 찬 울부짖음이 지하를 울렸다.

저 안에 있는 놈들에게도 들리겠지만, 상관없었다. 불티는 혼자서도 저 안에 있는 놈들을 싸그리 다 죽일 수 있었다.

불티는 범 사냥꾼 수십 명이 힘을 합쳐도 죽일 수 없는 상급 범이었다.

⁂

신시에서 가장 높고 가장 경이롭고 가장 아름다운 건물의 최상층에 그는 서 있었다.

깨끗한 창문 너머로 화려한 신시의 정경이 펼쳐져 있었다.

그는 알았다.

이 높은 곳에서 보면 저토록 화려해 보이지만 저 안에 들어가면 곳곳이 썩어 있다는걸.

그 썩은 내 나는 부패가 전염병처럼 서서히 번져가고 있다는걸.

하지만 저 아래에서 살아가는 인간들은 결코 모를 것이다.

어딘가 썩어가고 있다는 건 어렴풋이 느낄 수도 있지만, 그 원인을 알게 되는 날은 오지 않을 것이다.

"그전에 다 죽을 테니까."

그는 부채로 입을 가리며 후후, 웃었다.

"버러지들."

인간이 개미 무리를 밟고 지나가면 개미들은 자신들에게 무슨 일이 벌어진 건지, 무엇이 자신들을 그렇게 만들었는지 알지 못한다.

그가 보는 인간들 또한 그랬다.

범들도 인간과 다를 게 하나 없었다.

범들은 마지막의 마지막 순간까지 모를 것이다.

왜 이런 일이 벌어진 건지.

자신들에게 무슨 일이 벌어진 건지.

"벌레들."

그는 중얼거리며 눈을 감았다.

눈을 감으면, 지난날의 기억이 생생하게 펼쳐졌다.

만년, 2만 년…… 아니, 어쩌면 수십만 년 전일지도.

시간의 길이 같은 건 잊었다.

중요한 문제가 아니었다.

그저 그때에 벌어진, 그 일이 중요할 뿐.

"푸핫. 이게 뭔데? 이거, 진짜로 살아 있는 거 맞아?"

"뭘 할 줄 알아? 그냥 식충이 아냐?"

"이야, 먹기는 잘도 먹네. 야, 야, 이것도 먹어봐."

"저거 데굴데굴 굴러가는 것 좀 봐. 살짝 찼는데 굴러가네."

그때의 모멸감은, 여전히 그의 가슴 깊은 곳에 가시처럼 박혀 있었다.

그때의 결심 또한 모멸감과 함께 오랜 시간이 지난 지금까지 존재해왔다.

수만 년의 증오와 함께 이어져 온 그의 계획은 차근차근 성공의 계단을 밟아가고 있었다.

파르락-

검고 작은 것이 창문에 와서 부딪쳤다.

창문을 살짝 열어주자, 거미 다리에 쥐 얼굴을 한 그것이 포르르 날아와 그의 어깨에 앉았다.

인간들은 '그것'을 끔찍하게 여기겠지만 그는 자신의 아들과도 같은 '그것'이 사랑스러웠다.

검지로 그것을 어루만지며 그것의 보고를 들었다.

그는 A 백화점이 있는 곳을 향해 시선을 돌렸다.

A 백화점은 계획의 일부였지만 들킨다고 해도 상관없었다.

그 누구도 그 참상이 그의 계획이라는 걸 상상조차 하지 못할 테니.

그의 붉은 입술에 서늘한 미소가 맺혔다.

그는 접힌 부채로 입가를 톡톡 두드리며 즐거운 듯 말했다.

"자아. 누가 누가 이길까?"

✧✧✧

범의 울부짖음을 들었다.

피를 얼릴 것 같은 소리였다.

생존자들도, 경태 팀도 공포에 질려서 얼어붙었다.

제하는 검을 쥐며 유독 겁이 많은 세인 쪽을 돌아봤다.

믿음직스럽게도, 세인은 이미 양손에 단도를 하나씩 쥐고 문을 향해 형형한 시선을 던지고 있었다.

그러다가 제하의 시선을 느낀 듯 눈을 마주치더니 입 모양으로 말했다.

'날 지켜.'

제하는 피식 웃으며 검을 사선으로 들어 올리고 언제든 앞으로 뛰어나갈 준비를 하며 외쳤다.

"다들 안으로 들어와요!"

제하의 우렁찬 외침에 사람들이 공포에서 풀려났다.

그들은 좀 전까지만 해도 벗어나고 싶어 했던 철창으로 다시 들어가기 위해 아우성쳤다.

그러나.

"크허어어엉!"

범의 속도를 이길 수는 없었다.

끝쪽에 있던 사람들 다섯 명이 동시에 날아갔다.

퍽-! 퍼벅-!

그들은 뭐 하나 해볼 새도 없이 벽으로 던져져서 생을 마감했다.

경태 팀은 도움이 되지 않았다.

그나마 대장인 경태는 총을 들었지만 팀원들은 사람들을 밀치고 자기들이 먼저 철창 안으로 도망치려고 버둥거리고 있었다.

"크허어어엉!"

또다시 범의 울음.

퍼억-! 퍽-!

또다시 날아간 사람들.

'왜지?'

제하는 당황했다.

범의 울음과 기척은 있는데 범의 모습을 찾을 수가 없었다.

검은 안개를 몰고 다니는 범이 있다는 것도, 범이 빠르게 움직인다는 것도 알지만 이렇게까지 범의 자취를 찾기 힘든 건 처음이었다.

게다가 검은 안개 따위는 어디에도 없었다.

"쯧."

그때, 도건이 혀를 차더니 바닥의 그림자를 향해 총을 겨눴다.

타앙-!

총알이 바닥을 뚫었다.

부서진 돌 조각과 함께 피가 튀었다.

"크아아악!"

그리고 범의 비명.

놀랍게도 그림자 속에서 잿빛 범이 튀어나왔다.

제하는 그 순간을 놓치지 않고 잿빛 범을 향해 달려들었다.

빛나는 궤적의 끝이 확실하게 잿빛 범의 가슴에 닿았다고 생각했는데.

또 사라졌다.

그리고 제하가 있었던 자리에서 비명 소리가 울렸다.

"아아아악!"

세인의 비명.

돌아본 제하의 눈에 믿을 수 없는 광경이 들어왔다.

분명 제하의 앞에 있던 잿빛 범이 어느새 뒤쪽으로 돌아가서 세인의 목을 잡아 들어 올리고 있었다.

"큰일이다, 제하야."

하루가 속삭였다.

"저것은 중급 이상이구나."

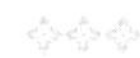

세인은 범의 손아귀에 잡히는 순간, 공포로 몸이 굳었다.

몇 주 전, 거리를 걷다가 만난 범에게 통째로 삼켜졌을 때의 기억이 떠올랐다.

아까 범 한 마리를 잡으면서 극복한 줄 알았는데, 아니었나 보다.

잿빛 범이 입을 벌리자 새까만 목구멍이 눈에 들어왔다.

숨을 쉴 수가 없었다.

'난 죽을 거야.'

이번에는 전처럼 운이 좋지 않을 것이다.

'나는 끝이야.'

살고 싶었다.

부모님이 원치 않는 아이였어도.

그런 부모님 마음에 들기 위해 아득바득 노력했지만 칭찬 한 번 못 들었어도.

형은 실패한 의대에 보기 좋게 합격했는데 돌아온 건 냉랭한 반응뿐이었어도.

그리하여 그 집에 내 자리가 없다는 걸 확신하게 되었어도.

그래도.

'살고 싶은데…….'

살아가고 싶었다.

살아서 언젠가는 내 자리를 찾아내고 싶었다.

작은 일 하나만 잘해도 칭찬을 받고, 무엇 하나 잘하지 못해도 눈치가 보이지 않는 그런 자리를 발견하고 싶었다.

범의 송곳니가 예리하게 빛났다.

세인은 두 눈을 질끈 감았다.

'정말로…… 살고 싶었는데…….'

제 20 화

범을 먹는 자

푸욱-!

꿰뚫리는 소리에 세인은 번쩍 눈을 떴다.

어느새 공중으로 몸을 띄운 주안이 창을 세로로 세워서 잿빛 범의 정수리를 뚫어버린 것이다.

세인의 목을 움켜쥔 손에서 힘이 빠졌다.

범의 노란 눈동자가 뒤로 훽 넘어가는 것과 동시에 세인은 바닥에 떨어졌다.

"컥……, 쿨럭……."

새된 기침을 하는 세인의 등을 주안이 툭툭 두드렸다.

"무기 잡아, 세인아."

"어……, 응."

주저앉아 있을 때가 아니었다.

세인은 바닥에 떨어뜨렸던 단도를 찾아 쥐고 주위를 둘러봤다.

제하는 싸우고 있었다. 정말로 잘 싸우고 있었다.

"범은 그림자에 숨어 있대."

주안이 나직하게 말했다. 주안의 음성은 이런 상황에서도 솜털처럼 부드러웠다.

"쟤는 그걸 어떻게 찾는 거야? 그리고…… 어떻게 저렇게 빨라?"

제하는 마치 범처럼 빨랐다.

그림자를 찍고, 거기서 범이 튀어나오면 베었다.

상처 입은 범이 멈칫하면 도건이나 환이 총과 활을 쐈다.

"찾는 게 아니라, 그림자라는 그림자는 다 찔러보는 것 같아."

"하……, 말도 안 돼."

주안이 옅은 미소를 지었다.

"말이 돼."

"응?"

"나도……."

주안이 세인의 눈앞에서 사라졌다. 어느새 왼쪽 철창까지 간 주안이 그곳에 늘어진 그림자를 찔렀다.

"크악!"

범이 튀어나오자 주안은 창을 뒤로 빼냈다가 범의 복부를 향해 찔러넣었다.

하지만 늦었다. 범은 다시 그림자 속으로 사라진 후였다.

그 모든 것이 몇 초도 안 되는 사이에 벌어졌다.

어느새 다시 돌아온 주안이 말했다.

"저렇게 움직일 수 있거든."

"어떻게……?"

"그러게. 그렇게 됐어."

주안이 쓸쓸한 미소를 지으며 세인의 팔을 잡아당겼다.

세인의 근처에 늘어진 그림자에서 튀어나온 범의 손톱이 세인이 서 있던 자리를 가로로 그었다.

오싹-

소름이 돋았다.

'저 자리에 계속 있었다면 내 허리가 잘렸을 거야.'

하지만 아까처럼 두렵지는 않았다.

세인의 곁에는 주안이 있었다.

세인은 마른침을 꿀꺽 삼킨 후에 말했다.

"이제부터 움직이기 전에 말해줘. 네가 찔러서 범이 튀어나오면 내가 목을 따버릴게."

불티는 믿을 수 없었다.

불티와 함께 온 범들은 중급 중에서도 강한 범들이었다.

그런 범들이 고작해야 인간 여섯 명을 아직까지도 처리하지 못했다.

심지어 놈들은 불티에게도 상처를 입혔다.

물론 그 정도 상처는 금방 아물었지만.

하지만 놀라워해주는 건 여기까지다.

이곳에 들어오기 전 불티의 울부짖음은 동료들을 부르는 소리였다.

이 근처에 있는 부하들은 전부 이곳으로 몰려올 것이다.

어쩌면 이 본부를 잃게 될지도 모르지만 상관없었다.

그 기묘한 인간 놈이라면 이런 건물쯤 몇 개라도 내어줄 수 있을 테니까.

"꺄아아아악!"

"버, 범이다……!"

"으아악! 살려줘요! 살려줘!"

평화롭던 A 백화점은 순식간에 아수라장이 되었다.

갑자기 뭉게구름처럼 검은 안개가 밀려들어 왔기 때문이었다.

사람들은 아까 백화점에 왔던 범 사냥꾼 무리, 성진 팀을 기억했다.

성진 팀은 순식간에 사람들에게 둘러싸였다.

"사, 살려주세요. 제발……."

"으아아악! 저, 저길 봐!"

범이 지하로 달려가다가 성가셔서 휘두른 팔에 사람 두 명이 날아가 벽에 부딪쳤다.

여기저기서 비명과 절규가 터져 나왔다.

당황한 건 성진 팀도 마찬가지였다.

그들은 범과 싸울 예정이 없었던 데다가 지금 이 안에 밀려

들어 온 범은 척 보기에도 열 마리가 넘었다.

'저걸 다 어떻게 상대해?'

아무래도 일이 잘못된 것 같다.

"이, 이거 놔!"

성진은 매달리는 사람들을 발로 걷어차고 도망치듯 백화점을 벗어났다.

"범이 몰려올 게다."

하루가 말했다.

"허억. 허억. 허억. 그래……, 역시……."

제하는 거친 숨을 몰아쉬며, 자신의 앞에 모습을 드러낸 불티를 노려봤다.

자꾸만 그림자에 숨는 범들을 상대하기 위해 제하는 무식한 방법을 사용했다. 빠른 속도를 이용해서 그림자라는 그림자를 다 찔러댄 것이다.

그게 성공해서 불티에게 치명상을 입힐 수 있었지만 제하 쪽도 피해가 컸다.

체력 고갈과 상처.

좀 전에 당한 허벅지의 상처에서 피가 멎질 않았다.

제하의 동료들 역시 제하와 비슷한 상황이었다.

그나마 다행인 건 불티의 부하들 두 놈을 전부 죽였다는 것과 불티 역시 왼팔이 잘렸다는 것.

"인간 놈이 갸륵하구나."

불티가 콧등을 찡그리며, 왼팔을 가져다가 잘린 부위에 댔다.

"나는 갸륵한 인간을 싫어하지 않지."

"그래? 허억. 허억. 그럼 살려줄래?"

제하가 심상하게 던진 말에 불티가 콧등을 찡그렸다.

"증오하거든."

불티와 제하가 동시에 서로를 향해 몸을 날렸다.

제하는 벌써 붙으려고 하는 불티의 왼팔을 다시 한번 공격했다. 그리고 불티는 제하의 옆구리를 노렸다.

제하는 그 공격이 치명상이 되리라는 걸 예상하고 검의 방향을 바꿨다.

채앵-!

검과 손톱이 부딪치며 불꽃이 튀었다.

둘은 다시 원래의 자리로 물러났다.

"눈알 굴리지 마라."

제하가 동료들 쪽을 돌아보려는데 불티가 말했다.

"빼서 먹어버리고 싶어지거든."

"하아. 하아. 아, 그래? 내 눈알은 꽤 맛있을 거야. 시력이…… 하아. 좋은 편이거든."

"많이 지친 것 같군."

"별로."

불티가 히죽 웃으며 잠깐 천장을 올려다봤다.

"내 부하들이 오고 있다."

"아, 내 부하들도. 한 천 명 정도 되는데."

"귀엽지 않은 녀석."

불티도, 제하도 농지거리를 나누며 시간을 끌고 있었다.

둘 다 일대일로 겨뤄서는 이길 수 없다는 걸 느꼈기 때문이었다.

불티는 부하들이 도착하기를, 제하는 동료들이 체력을 회복하기를 기다렸다.

그때였다.

타앙-!

철창 안쪽에서 기회만 엿보던 경태의 팀원 한 명이 총을 쐈다.

제하는 그 총구가 자신을 향해 있을 줄은 꿈에도 몰랐기에 피하지 못했다.

총알이 제하의 복부를 뚫었다.

불티는 그 순간을 놓치지 않았다.

"끝이다!"

불티가 제하를 향해 달려들었고,

"제하야!"

도건과 하루가 쓰러지는 제하를 받아들었다.

그 와중에도 제하는 이래서는 안 된다고 생각했다.

'이러면 다 죽어. 날 놓고 피해야지.'

하지만 하루는 제하를 대신해서 죽기라도 하겠다는 듯, 제하의 몸 위를 자신의 몸으로 덮었다.

불티의 손톱 끝이 하루의 등까지 향하는 시간이 아주 길게 늘어져 보였다.

제하가 간신히 하루를 밀어내기 위해 손을 움직였을 때.

"크허어어어어엉!"

불티의 것보다 거대한 울림이 지축을 뒤흔들었다.

불티조차 당황해서 손톱을 거두고 펄쩍 물러날 정도의 울음소리였다.

"크허어어엉!"

범의 절규는 뒤쪽에서 들리고 있었다.

아까 자후라는 범이 죽어 있던 철창.

"자후는 인간 놈들 지키겠답시고 굶어 죽었는데."

문득 아까 범들이 했던 이야기가 떠올라 희망을 품었다.

자후라는 범이 완전히 죽었던 게 아닐지도 모른다. 어쩌면 우리를 도와줄지도.

건물이 흔들릴 정도의 굉음이 멈췄다.

불티의 입술이 벌어졌다.

"네놈은…… 뭐냐?"

제하는 불티의 얼굴을 보고 깜짝 놀랐다.

불티는 겁에 질린 것처럼 보였다.

그제야 제하는 힘겹게 고개를 돌려 뒤쪽을 확인했다.

그곳에 서 있는 건 자후라는 범이 아니었다.

온몸에서 불길한 검은 안개를 뿜어내는, 인간이었다.

자후를 잡아먹은 인간.

그 인간의 눈이 황금빛으로 형형하게 빛나고 있었다.

마치 두 눈동자만 존재하는 것처럼, 그렇게 빛났다.

"크르르르르르……."

그의 목에서 낮은 울음이 흘러나왔다.

타앗-!

그는 가볍게 바닥을 박차고 뛰어올랐다.

공중으로 도약한 그는 마치 나는 것처럼 움직였다.

'날아? 아니, 저건 공기를 밟는 거야.'

순식간에 불티에게 도달한 그가 불티의 목을 움켜쥐었다.

불티의 눈에 짜증과 공포, 그리고 흥미가 섞인 빛이 떠올랐다.

"범을 먹고 범이 된 건가? 인간이 범을 먹으면 범이 되기도 하나?"

그는 불티의 질문에 답해주는 대신, 길어진 손톱을 불티의 배에 찔러넣었다.

"큭……!"

불티가 피를 토해냈다.

"성가신 놈."

불티가 그를 끌어안듯 두 팔을 둘러 그의 등에 손톱을 박아넣었다.

날카로운 손톱 여러 개가 깊이 찌르고 들어갔지만 그는 고통을 느끼지 못하는 듯 불티를 더 높이 들어 올렸다가 바닥에 던졌다.

퍼억-!

듣기만 해도 아픈 소리와 함께 불티가 벌떡 몸을 일으켰다.

그 심한 상처를 입고도 신음 한번 흘리지 않았던 불티가 처음으로 고통에 찬 신음을 흘렸다.

바닥에 던져지면서 내장이 완전히 망가진 듯했다.

"쿨럭……."

불티는 한 번 더 피를 토하더니 황금빛 눈동자의 사내를 한 번 노려보고는 획 몸을 돌렸다.

그는 불티의 뒤를 따라가지 않았다.

털썩-

마치 모든 힘을 소진한 것처럼 무너져내렸다.

"우리도 도망쳐야 해. 쟤는 어쩔까?"

도건이 배를 움켜쥐고 제하에게 물었다.

도건 역시 배에 치명상을 입은 상태였다.

"데려가자……."

주안도 세인을 부축하고 다가왔다.

말이 좋아서 부축이지, 둘 다 금방이라도 쓰러질 것 같은 표정으로 서로에게 의지하고 있는 것뿐이었다.

환은 죽을 것 같은 낯빛을 하고도 생존자들에게 동생에 대해 묻고 있었다.

어느 중년 여자가,

"그 애라면…… 이틀 전에……."

라고 울먹거리며 말하는 소리가 들려왔다.

제하는 두 눈을 질끈 감았다.

이틀.

조금만 더 서둘렀어도 구할 수 있었던 시간이다.

제하는 환이 절규할 거라고 생각했지만 환은 그러지 않았다.

그럴 줄 알았다는 듯, 예상했다는 듯, 담담한 표정으로 일행에게 돌아왔다.

"가자."

환의 음성은 마치 사막의 바람처럼 건조했다.

제하도 하루의 부축을 받아서 몸을 일으켰지만, 피를 너무 많이 흘린 상태였다.

풀썩-

한 걸음 떼기도 전에 정신을 잃은 제하를 하루는 어렵지 않게 번쩍 안아 들었다.

뚜욱- 뚜욱-

하루의 걸음마다 제하의 피가 떨어졌다.

"저, 저기…… 저기…… 나, 나는……."

경태의 목소리에 돌아본 사람은 도건뿐이었다.

경태는 아무리 명령을 받았더라도 이런 상황에서 제하를 죽이려 한 자신의 팀원을 이해할 수가 없었다.

그래서 사과하려고 했는데, 도건이 차가운 미소를 지으며 말했다.

"앞으로는 내 눈에 보이지 말자. 사람 머리통에 총알을 박아 넣고 싶진 않거든."

제 21 화

미안해

아직 운영 중인 병원을 간신히 찾았다.

크지 않은 개인 병원의 나이 든 의사는 피칠갑을 하고 찾아온 7명의 모습에 놀란 듯했지만 '범 사냥꾼'이라고 하자 말없이 병실 하나를 내주었다.

"여기는 나밖에 없어서 제대로 치료받으려면 큰 병원으로 가야 할 거요."

따로 수술실이 있는 병원이 아니라서 응급처치 수준의 치료만 받을 수 있었다.

복부에 심각한 부상을 입은 도건은 금방이라도 기절할 것 같은 표정으로 침대에 누워 있었고, 범을 잡아먹었다는 남자는 아직도 깨어나지 못했다.

제하는 자신의 배 위에 손을 얹었다.

'총알이 관통했었는데…….'

의사가 치료를 위해 제하의 상의를 걷었을 때, 배에는 약간의 상처만 남아 있었을 뿐이었다.

욱신거리는 통증은 아직 남아 있고, 피를 많이 흘려서 기력이 좀 떨어지긴 했지만 총을 맞은 것 같은 고통은 이미 사라졌다.

'내 몸에 무슨 일이 벌어진 거지?'

강한 범들은 상처를 빠르게 치료하는 능력이 있다는 얘기는 들었다.

'하지만 난 아니었는데…….'

처음 인왕산에서 후포에게 당했을 때는 한참을 앓았다.

상처가 완전히 낫는 데도 오랜 시간이 걸렸다.

'그러고 보니, 요새는 다쳐도 상처가 좀 빨리 낫는 것 같긴 했어. 하지만…… 이렇게 이상할 정도로 빨리 낫진 않았는데.'

제하는 최근 자신이 비약적으로 강해지는 걸 느꼈다. 성장하는 속도가 눈에 보일 정도였다.

그건 제하뿐이 아니라 하루나 도건, 주안도 마찬가지였다.

환과 세인은 이번에 합류한 거라서 그들의 성장이 어떤지는 잘 모르겠다.

분명한 건, 지금 자신과 일행에게 설명하기 어려운 일이 벌어지고 있다는 점이었다.

'범바위 결계가 깨지고 범들이 등장하면서부터 신시가 좀 달라지고 있기는 해.'

범 사냥꾼들처럼 강한 힘을 가진 인간들이 등장했고, 능력을 끌어올리는 무기들이 나타났다.

'이것도 그 영향인 걸까? 결계가 깨져서 내 몸에 흐르는 범의 피가 반응하는 걸까? 아니면…….'

제하는 병실 안에 있는 면면을 돌아봤다.

'저들을 만나면서 더 강해지고 있는 걸까?'

만남이 특별한 하루야 그렇다 쳐도, 다른 일행을 처음 만나는 순간 느낀 그 친밀감은 무언가 이상했다.

보육원 시절에도, 성인이 되어 아르바이트를 하던 시절에도 많은 사람을 만났지만 그런 기분을 느낀 건 처음이었다.

'이 사람들이 필요해.'

아니, 필요한 게 아니다.

'이 사람들이 내 곁에 있어야만 해.'

그런 강력한 확신.

심지어 오늘 처음 보는, 범 잡아먹었다는 남자에게까지 그런 기분을 느꼈다.

“제하야, 좀 괜찮아?”

주안이 침대 옆에서 제하를 내려다보며 물었다.

“너무 괜찮아서 이상할 정도야.”

제하가 상의를 위로 올려서 자신의 상처를 보여줬다.

“거의 아물었어.”

제하의 말에, 호수를 제외한 모두가 제하의 침대 옆으로 다가왔다.

심지어 도건까지도 배를 부여잡고 끙끙거리며 다가와 제하의 배를 살펴보는 통에 제하는 민망해졌다.

“아니, 그렇게들 자세하게 보진 마시고…….”

제하가 얼굴을 붉히며 상의를 내리려 하자 세인이 억지로 잡아서 상의를 올렸다.

“왜? 좀 보자.”

“넌 그냥 그 이상한 털뭉치나 계속 가지고 놀지 그래?”

세인은 병원에 온 후로도 계속 잿빛 털뭉치를 만지작거리고 있었다.

제하의 지적에 세인이 머쓱한 듯 털뭉치를 집어넣고 허리를 굽혀 제하의 배를 관찰했다.

이러다가 아주 얼굴을 배에 집어넣겠다.

"야, 좀……."

"와, 진짜네. 진짜 거의 아물었네. 정말로 총알이 관통한 거 맞아? 살짝 스쳤는데 네가 엄살 부린 거 아니고?"

제하가 세인을 지그시 노려보자 세인이 어깨를 으쓱했다.

"왜? 괜찮아. 엄살 좀 부려도 이 형님은 다 이해해줄 수 있단다."

"뭐만 하면 자기 지키라고 하는 겁쟁이 주제에."

"너와 달리 이 몸은 국가적인 재원이라서."

제하와 세인이 티격태격하는 동안에도 묵묵히 제하의 상처를 살펴보던 주안이 입을 열었다.

"범의 능력이야."

모두가 주안을 돌아봤다.

"범의 능력 중에 상처를 빠르게 치료하는 능력이 있거든."

제하는 심장이 내려앉는 것 같았다.

자신의 아버지가 범이라는 걸 아직 일행에게 알리지 못했다. 일행은 다들 범에게 좋지 않은 일을 당했다.

그런 사람들에게 범의 피가 반쯤 섞였다는 걸 말했을 때, 어떤 반응을 보일지 두려웠기 때문이다.

술렁이는 제하의 눈동자를 지그시 응시하며 주안이 말했다.

“내 연인이 범이거든. 그것도 상당히 강한 범. 그래서 알아.”

경악과 혼란의 침묵이 흘렀다.

다들 눈을 휘둥그레 뜬 채, 그 놀라운 사실을 담담하게 고백하는 주안을 응시했다.

가까스로 정신 차린 도건이 주안의 어깨를 툭툭 두드렸다.

“어, 뭐……, 범이라고 해서 다 나쁜 건 아니니까는……. 내 동생들을 죽인 범이 네 여친인 것도 아니고……. 음……, 그렇지?”

“으응……, 마, 맞아. 범이 다 나쁘지는 않지. 인간 중에도 범만큼 나쁜 놈들 많잖아. 아까 제하를 총으로 쏜 놈도 그렇고.”

세인이 도건을 거들었다.

하지만 환은 입을 꾹 다물고 아무 말도 하지 않았다.

동생의 죽음을 확인한 지 얼마 지나지 않은 상황에서, 증오스러운 범을 옹호하는 말 따위는 나오지 않았기 때문이다.

배려심이 많은 주안은 그런 환의 기분을 이해하는 듯 슬픈 미소를 지었다.

환은 미간을 좁히고 고개를 숙였다.

"미안, 나는……."

"아니, 환아. 사과하지 마. 네 마음, 이해해."

"……응. 그래도 미안."

"어차피 이해받지 못할 사랑이었어. 아무한테도 말할 수 없는 사랑이었고. 그리고…… 누구도 슬퍼해 주지 않는 죽음이지."

"어?"

환이 고개를 번쩍 들었다.

"내 여자친구는 죽었어. 날 지키기 위해서 범과 싸우다가 죽었지. 그런데 참 우습지?"

주안이 자신의 손바닥을 내려다봤다.

연인인 나래가 죽어갈 때 그녀의 뺨을 쓰다듬던 느낌이 고스란히 남아 있었다.

어릴 때 우연히 마주친 후, 일 년에 딱 하루만 만날 수 있었던 나래.

이제야 비로소 매일 같이 있을 수 있을 거라고, 꿈만 꾸던 일이 현실이 되었다고 생각했는데.

나래는 죽었다.

"나는 그 애를 위해 해준 게 하나도 없는데 그 애는 나한테 자기 힘을 남겨주고 갔어."

그제야 그 자리에 있던 모두는 주안이 어떻게 그렇게 범처럼 움직일 수 있었는지 깨달았다.

범의 힘을 넘겨받는다.

다른 사람이라면 이해할 수 없어서 헛소리로 치부할 만한 말이지만, 이상한 경험을 한 번씩은 해본 그들이기에 주안의 말을 의심하지 않았다.

주안은 그녀를 떠올리는 듯 눈시울이 붉어졌지만 눈물은 흘리지 않았다.

주안의 침착한 눈동자가 다시 제하에게로 향했다.

"범의 힘이야. 그것도 상당히 강한 범의 힘."

다시 모두의 시선이 제하의 복부로 모였다.

제하는 이불을 끌어 올려 자신의 배를 가리며 말했다.

"아버지가 범이었어."

주안은 자신의 연인이 범이었다는 걸 당당하게 고백했다.

제하의 아버지 또한 제하를 지키다가 죽었다.

그런데도 아버지의 존재를 감추려 했다는 사실이 창피했다.

"어머니는 결계를 지키는 무녀였고."

제하는 음력 1월 16일, 손님이 오는 날이자 부모님의 기일인 그날. 인왕산에서 벌어진 일을 차분하게 설명했다.

제하의 이야기가 끝난 후에도 다들 입을 열지 못했다.

범의 세계와 인간 세계의 결계를 지키는 무녀가 있었고, 그 무녀가 범과 결혼했고, 그 사이에서 태어난 아들이 결계를 깨뜨렸다.

그리하여 이 신시에 범들이 날뛰게 되었다.

물론 그건 제하의 탓이 아니다. 제하는 그저 후포라는 범의 계략에 빠진 것뿐이었다.

하지만 그로 인해 벌어진 일이 너무 심각했기에 다들 무슨 말을 해야 할지 몰라서 하염없이 제하의 얼굴만 쳐다봤다.

"네가…… 결계를 깼다고……?"

으르렁거리는 듯한 목소리가 들려왔다.

"네가! 네가 결계를!"

파앗-!

검고 큰 그림자가 제하를 둘러싼 일행을 뛰어넘어 제하를 덮쳤다.

아직 완전히 아물지 않은 제하의 복부를 상대의 무릎이 찍어눌렀다.

"크윽!"

예상치 못한 공격에 제하는 방어할 틈이 없었다.

상대는 제하의 멱살을 잡아 올렸다.

"너 때문에……."

범을 잡아먹은 남자.

지금껏 기절해 있던 그가 깨어났을 줄은 몰랐다.

범처럼 노란 그의 눈동자가 증오로 물들었다.

"너 때문에 내가 무슨 짓을 당한 줄 알아?"

그의 송곳니가 길어졌다.

"내가 무슨 짓을 당했는지 아느냐고!"

그의 등에서 격렬한 분노가 터져 나오는 통에 아무도 그를 말릴 생각을 하지 못했다.

"그놈들한테 찢기고 뜯기면서 얼마나 죽고 싶었는지! 그런데 또 얼마나 살고 싶었는지! 네놈이 아느냐고!"

제하는 자신과 비슷한 눈동자 색을 가진 그가 내지르는 분노에 맞설 수 없었다.

'나 때문이야.'

후포의 탓으로 돌리려 해도 그 생각에서 벗어날 수 없었다.

인왕산 사건 이후, 제하는 표현하지 않았을 뿐 지독한 죄책감에 시달려왔다.

죽어가는 사람들, 점차 폐허가 되어가는 도시를 볼 때마다 절규하고 싶었다.

미안해요. 죄송합니다. 나 때문이에요.

내가 좀 더 일찍 알았다면.

내가 부모님의 죽음에 대해 좀 더 궁금해했더라면.

내가 좀 더 강했더라면.

내가 좀 더 똑똑해서 놈들의 계략을 빨리 눈치챘더라면.

이 도시는 평화로웠을 텐데.

범 때문에 죽는 사람도, 가족과 친구, 연인을 잃는 사람도 없었을 텐데.

나만 아니었다면.

오래전 그날, 내 부모님이 날 구하지만 않았더라면.

그때 부모님과 함께 나도 죽었더라면.

이 신시에 이토록 잔혹한 슬픔이 내려앉는 일은 없었을 텐데.

뜨거운 눈물이 볼을 타고 흘렀다.

제하의 호박색 눈동자가 그를, 세인을, 도건을, 환을, 주안을, 그리고 마지막으로 하루에게 한참 머물렀다가 다시 호수에게 고정되었다.

"미안해."

아주 약간이라도, 이 진심이 전해졌으면 좋겠다.

내 진심 따위가 그들을 위로하지는 못하겠지만, 그래도.

"미안해, 정말로."

제 22 화

떡 하나 주면 안 잡아먹지

호수는 울컥 짜증이 치밀었다.

가늘게 흘러나오는 제하의 목소리에 용서해주고 싶은 마음이 드는 걸 이해할 수 없었다.

'그래, 얘가 무슨 잘못이 있겠어? 전부 그 후포라는 놈 탓이지. 얘도 피해자야. 부모도 죽었다잖아.'

흔들리는 마음을 간신히 다잡았다.

호수에게는 누구라도 원망할 대상이 필요했다. 그러지 않으면 정말로 미쳐버릴 것만 같았다.

"두 달이야."

두 달 전, 범에게 납치당했다. 어떻게 생긴 범인지는 기억도 나지 않는다.

"두 달간, 내가 무슨 짓을 당한 줄 알아?"

범들은 인간을 그냥 죽이지 않았다. 인간이 장난감이라도 된다는 듯 매일 고문하며 낄낄거렸다. 차라리 일찌감치 죽어 버린 사람들이 부럽기까지 했다.

"이 빌어먹을 몸뚱이가 죽지도 않더라고."

호수는 자신의 체력이 좋은 편이라는 생각을 해본 적이 없었다.

그런데 잡혀 온 사람들이 고문을 견디지 못해 며칠도 버티지 못하고 죽어가는데도 호수는 죽지 않았다. 아무리 피를 흘려도, 맞아도 꾸역꾸역 살아남았다.

"나중에는 그놈들이 밥을 안 주는 거야."

자후라는 범과 함께 갇혔다.

자후는 인간을 먹지 않았고, 범들은 자후에게 인간을 먹이고 싶어 했다.

"자후한테 선택하라더라. 날 먹을지, 그대로 굶어 뒈질지. 그런데 여기서 재미있는 게 뭔지 아시는 분?"

범들은 호수에게도 선택하라고 했다.

"자후를 먹든지, 굶어 뒈지든지. 나보고 알아서 하래. 내가 자후를 먹겠다고 달려들면, 자후가 빡쳐서 날 죽이고 잡아먹을 거라고 생각한 모양이야."

음식이 끊긴 이후, 호수는 지독한 굶주림에 시달렸다.

끊임없는 고문으로 피를 흘리고, 통증을 참느라 힘을 쓰는 데 뱃속에 들어오는 것이 없기 때문이었다.

그렇다고 범을 잡아먹을 수도 없는 노릇이라서 참았다. 잡아먹어서라도 살고 싶었지만 견뎠다.

"자후, 그 멍청한 범은 굶어 뒈졌어."

자후는 죽기 전, 호수에게 말했다.

"인간. 날 먹고 살아라. 어떻게든 살아서 이곳을 빠져나가."

호수는 고개를 저었다.

먹고 싶은데, 먹기 싫었다.

배고프다고 범을 먹는 순간, 자신도 똑같은 짐승이 되어버릴 것 같았다.

호수가 끝까지 먹지 않으리라는 걸 예감한 듯, 자후는 자기 살덩어리를 뜯어내서 억지로 호수의 입에 밀어 넣었다.

"먹어라, 인간. 개죽음을 당해서는 안 돼. 나가서 이 이상한 장소에 대해 알려. 여긴 정상이 아니야."

긴 굶주림 끝에 먹는 고기는 맛있었고, 피는 달콤했다.

호수는 짐승처럼 범을 먹었다.

아니, 그 순간 호수는 그저 짐승이었다.

이성은 한 조각도 남지 않은, 그저 생존에 목숨을 건 짐승.

"그리고 난 그놈을 뜯어먹고 살아남았지. 날 구하려고 한 그놈을, 아그작아그작 씹어먹었다고. 그래서, 봐."

짐승이 됐다.

그다음에 벌어진 일은 호수도 확실하게 기억하지는 못한다.

그저 기묘한 기억이 흘러들어와서 머리가 깨질 듯이 아팠던 것만 기억난다.

눈을 떴더니 병원이었고, 제하라는 남자가 결계의 봉인을 깨뜨렸다는 이야기를 하고 있었다.

"괴물이 됐잖아."

눈물이 흘렀다. 떨어진 눈물이 제하의 뺨을 흐르던 눈물과 섞였다.

"괴물이, 됐다고."

사실은 알았다.

제하의 탓이 아니다.

"나는."

이건 그저 아주 슬프고 잔혹한 불행일 뿐.

이 신시를 살아가는 모두가 경험했고, 경험하고, 또한 경험하게 될, 그런 불행일 뿐.

"괴물이 됐어……, 으윽……."

호수의 고개가 아래로 떨어졌다.

호수는 제하의 멱살을 잡은 자신의 손에 얼굴을 묻고 울었다.

제하의 가슴은 호수의 눈물로 젖었고, 호수의 머리칼은 제하의 눈물로 젖었다.

고통스런 슬픔에 젖은 밤이 흘러갔다.

서점에 들어간 후포는 아무렇게나 뽑아 든 그림책을 보며 히죽 웃었다.

해학적으로 알록달록하게 그린 호랑이 그림 아래에, 그리운 추억을 자아내는 글이 쓰여 있었다.

〈떡 하나 주면 안 잡아먹지.〉

언제였던가.

손님 오는 날 밖에 나갔던 불티와 마로가 떡 한 광주리를 가지고 돌아온 적이 있었다.

그것이 무어냐 물으니, 불티가 머리를 긁적거리며 말했다.

"아니, 전 그냥 그 여자가 뭘 머리에 이고 있기에 뭐냐고 물었는데, 떡이라더라고요. 그래서 농담 삼아서 떡 하나 주면 안 잡아먹겠다고 했더니, 이걸 다 주지 뭡니까."

그때만 해도 불티는 인간을 잔혹하게 해치지 않았다.

그 당시에는 대부분의 범이 그랬다.

오래전, 그 싸움에서 패배한 이후 도망쳐 들어간 그림자의 세계.

시간이 흐름을 잊은 그곳에서 범들은 살지도 죽지도 못한 채 긴 세월을 보냈다.

어느 날, 결계의 힘이 약해진 걸 깨닫고 밖으로 나갔을 때, 세상은 완전히 변해 있었다.

그곳에 존재하는 '인간'들이 증오해 마지않는 '곰'이라는 걸 알게 된 건 몇 해가 더 지난 후였다.

인간들은 곰도, 범도 잊었다.

범들에게 그 싸움은 바로 어제의 일처럼 생생한데 인간들에게는 몇만 년 전, 기억도 나지 않는 시대의 일이었다.

구전으로조차 전해지지 않는 싸움.

범들은 허무와 절망을 동시에 느꼈으나 일 년에 한 번이라도 그림자의 세계를 벗어날 수 있다는 걸 감사히 여기기로 했다.

인간을 잡아먹으면 그림자 세계에서 모래처럼 흩어지지 않고 버틸 수 있다는 걸 알게 되었어도 필요 이상으로 인간을 죽이지는 않았다.

인간들은 기억도 못 하는 과거의 일이다.

후포의 방침에 불만을 품은 범들도 있었지만, 그래도 다들 언젠가 봉인이 완전히 풀릴 날을 위해 곰의 후손을 향한 분노를 억눌렀다.

만약 봉인이 풀려 세계를 마음껏 돌아다닐 수 있게 된다면 인간들 모두를 적으로 돌려서 좋을 것이 없기 때문이었다.

하지만 몇백 년이 흘러도 봉인은 풀리지 않았다.

멈춰 있는 범과 달리 인간들은 나날이 발전해갔다.

일 년에 한 번 열리는 결계는 차라리 저주였다.

자신들과 달리 점점 자유롭고 부강해지는 인간들의 모습에 범들은 갇혀만 있을 때보다 더한 절망을 품었다.

그 절망은 이루 말할 수 없는 크기로 부풀어, 증오가 되었다.

“그 덩치만 큰 멍청이들은 저렇게 사는데, 우리는 왜!”

인간이 준 떡을 기쁘게 받아왔던 불티와 마로는 누구보다도 인간을 싫어하게 되었다.

그들이 손님 오는 날마다 밖에 나가 인간들을 도륙하는 걸 후포는 막지 않았다.

범들은 그래도 된다.

곰들은 배신했고, 그들의 후손은 조상의 과오를 책임져야 할 의무가 있었다.

아무것도 모르는 채 자유롭고 편하게 살아가는 인간들을 후포 또한 가증스럽게 여기기 시작했다.

“어차피 인간들은 곰의 힘을 잃었다.”

음력 1월 16일이 끝나는 순간, 봉인의 힘에 끌려 돌아와 분개하는 범들에게 후포는 말했다.

“인간들은 개미 새끼처럼 많아졌지만, 우리가 힘을 합치면 전부 짓밟아버릴 수 있지.”

고대의 힘을 잃은 인간들을 상대하는 건, 숨을 쉬는 것만큼이나 쉬웠다.

“기회가 올 거다. 그때까지만 참아라.”

그때가 오면 인간을 도륙하리라.

배신자 곰의 혈통을 이 땅에서 지워버리리라.

봉인이 풀려 신시를 자유롭게 돌아다닐 수 있게 됐을 때만 해도 후포는 이 땅의 인간을 전부 쓸어버릴 작정이었다.

하지만 봉인이 깨지면서 그 안에 갇혀 있던 다른 것들도 풀려난 듯, 인간 중에도 고대의 힘을 조금씩 되찾는 이들이 생기기 시작했다.

그들은 범 사냥꾼이 되었다.

범 사냥꾼은 의외로 강하고, 또 의외로 수가 많아서 범들은 예상만큼 수월하게 신시를 손에 넣을 수 없었다.

후포는 이 땅에서 인간을 모두 지워버릴 수는 없다는 걸 인정해야만 했다.

그래서 방침을 바꿨다.

전부 없앨 수 없다면, 없어지는 게 나을 만한 놈들만 골라서 제거하면 된다.

우선 귀찮은 범 사냥꾼들. 그리고 살아서 좋을 게 없는 드센 범죄자 놈들.

이곳에 유약한 놈들만 남겨놓으면, 나중에 지배하기도 편해지리라.

탁-

그림책에 시선을 둔 채 상념에 잠겨 있는데, 무언가가 다리에 부딪히는 느낌이 들었다.

고개를 숙이자, 어린 여자아이가 깜짝 놀란 눈으로 후포를 올려다보고 있었다.

5, 6살쯤 된 아이일까?

아이는 후포가 어딘지 모르게 이상한데 어디가 이상한지 잘 모르겠다는 듯, 겁도 없이 똘망똘망한 눈으로 후포의 얼굴을 살펴봤다.

그런 아이를 보자 장난기가 발동해 후포는 히죽 웃으며 말했다.

"떡 하나 주면 안 잡아먹지."

아이가 고개를 갸우뚱하더니, 후포가 들고 있는 그림책을 보고는 "아!" 하고 환하게 웃었다.

그러더니 옆으로 매고 있던 가방을 뒤적거려서 뭔가를 꺼내 후포에게 내밀었다.

가방 안에 한참 들어 있어서 약간 눌린 빵이었다.

후포가 눈을 가늘게 뜨고 말했다.

"이건 떡이 아닌데. 잡아먹어야……."

"이봐요, 애한테 뭐 하는 거예요?"

뒤에서 날카로운 목소리가 들려왔다.

"선생님!"

아이가 반갑게 부르며 후포를 스쳐 지나갔다.

"요새 같은 때, 그렇게 애한테 말 걸고 그러면 신고당해도 싼 거 몰라요? 다 큰 어른이 여자애한테……."

뒤에서 빽빽거리는 소리가 듣기 싫었다.

'그래, 저것도 제거해두는 게 좋겠군. 저렇게 시끄럽고 드센 건 이 세상에 없는 편이 나아.'

후포가 천천히 뒤를 돌아보자 선생님이라는 인간이 말을 멈췄다.

아이와 달리, 그는 살기 띤 후포의 눈동자가 인간과 다르다는 걸 곧바로 알아봤다.

게다가 짜증이 난 후포의 송곳니가 그도 모르는 새에 입술 밖까지 비쭉 튀어나와 있었다.

"흐…… 하아……."

그는 비명도 못 지를 만큼 겁에 질렸으면서도 품에 안은 아이를 놓지 않았다.

"선생니이임."

선생님의 상태가 이상하다는 걸 깨달은 아이가 칭얼거리며 후포를 돌아봤다.

그 순간, 후포는 아까 아이가 내밀었던 빵을 떠올렸다.

그리고 바보처럼 인간에게 떡 한 광주리를 받아왔을 때의 불티와 마로도.

왜 이런 때에 그런 광경이 떠오르는 건지 알 수 없었다.

가슴에 공허한 바람이 불었다.

입술 사이로 삐져나왔던 송곳니가 스르륵 사라졌다.

후포는 그의 옆을 스쳐 지나가며 말했다.

"착하게 살아라. 착한 아이는 안 잡아먹으니까."

제 23 화

지금 여기 있다

하루가 지났는데도 병실 분위기는 여전히 무거웠다.

세인은 간이침대에 엎드린 채로 조심스레 호수의 침대를 확인했다.

어젯밤 제하의 멱살을 쥐고 분노를 터뜨린 호수는 한참을 흐느끼다가,

"미안, 네 탓도 아닌데."

라고 말하고 침대로 돌아간 후 쭉 저 상태다.

'자는 것 같지는 않고……. 한 번 더 확인하고 싶은데.'

어제 호수가 깨어나기 전, 세인은 범의 눈썹으로 호수의 전생을 확인했었다.

호수의 전생 또한 세인, 그리고 이곳에 있는 모두와 같았다.

전생이 같은 일곱 명.

서로 인연도 없는 곳에서 다른 삶을 살던 일곱 명이, 하필이면 범들이 기승을 부리자 이렇게 한곳에 모였다.

이쯤 되면 이건 그저 이상한 것이 아니라 아주 중요한 일인 것 같다.

말을 해야 하는데, 분위기가 무거워서 쉽게 말을 꺼낼 수가 없었다.

아버지가 범인 제하.

자기가 범바위라고 말하는 하루.

범에게 보육원 동생들을 잃은 도건.

범에게 부모를 잃고, 친동생의 죽음까지 확인한 환.

범이 연인이었는데, 그 연인이 죽은 주안.

고된 고문을 당하다가 범을 뜯어먹고 살아남은 호수.

세인은 세상에서 자신이 가장 불행하다고 생각해왔는데, 저들을 앞에 두니 자기 문제는 대수롭지도 않게 여겨졌다.

그런 상황에서 팔자 좋게 범 눈썹으로 전생이나 보고 다니다가,

"야, 이걸로 전생을 봤는데, 우리 전생이 다 똑같더라."

라고 말하면, 어떤 반응이 돌아올지 알 수 없었다.

"다들 배고프지 않느냐?"

침묵을 깬 건 놀랍게도 하루였다.

병실 창문 앞에 앉아서 내내 창밖을 응시하던 하루가 어느 새 병실 가운데 서서 일행을 돌아보고 있었다.

"넌 바위라며? 바위도 배가 고파?"

세인이 퉁명스레 묻자, 하루가 대답했다.

"당연히 나는 배고프지 않다. 그래서 묻지 않았느냐, 아가야. 배고프지 않느냐고."

"어, 배고프다."

대답한 건 도건이었다.

도건도 이 무거운 침묵이 숨 막히는지, 아직 상태가 안 좋은데도 침대에서 일어나 앉았다.

"병원 밥은 싫은데 배달이나 시키자. 제하야, 넌 뭐 먹을래?"

제하는 침대에 우두커니 앉아서 이불을 내려다보고 있었다.

제하 역시 어젯밤부터 쭉 저 상태였다.

호수는 제하를 놔두고 자기 침대로 돌아갔고, 남은 일행은 제하에게,

"그래, 괜찮아. 네 탓이 아니야. 네 탓이라고 생각 안 해."

라며 달래주었지만, 제하는 저 자세 그대로 꼼짝도 하지 않았다.

제하야말로 바위가 되어버린 것이 아닌지 걱정스러울 정도였다.

이번에도 제하는 대답하지 않았다.

도건이 세인에게 어떻게 좀 해보라는 눈짓을 보냈지만 세인은 고개를 저었다.

울적해하는 사람을 달래주는 법 따위, 세인은 알지 못했다.

도건과 하루, 세인이 떠들자, 누워 있던 환과 주안도 몸을 일으켰다.

환은 침대에서 내려오더니, 크게 숨을 들이마시고는 용기 있게도 제하의 침대를 향해 성큼성큼 걸어갔다.

그러고는 두 손으로 제하 옆쪽을 쾅, 내리쳤다.

그제야 제하가 반응했다.

"……왜?"

"난 내 눈앞에서 범이 부모님을 죽이는 걸 봤어."

"미안해……."

"내 동생도 범에게 납치당해서 죽었어."

"미안해……."

고개를 숙이고 미안하다는 말만 하염없이 내뱉는 제하의 뺨을 환이 양손으로 감싸 눌러 자신을 보게 만들었다.

"내가 무슨 말 하는지 모르겠어?"

"미안……."

"범이 했다고."

"……."

"범이 한 거야. 네가 한 게 아니라."

"하지만 내가 결계를……."

"그것도 범이 한 거야, 네 정신에 무슨 짓을 해서. 과연 여기서 범이 작정하고 뭔가를 하는데 그걸 버틸 수 있는 사람이 있을까? 네 탓 아니야."

제하가 눈물을 참으려는 듯 눈을 감았다.

"남의 탓 하다 보면 끝이 없어. 내 탓이라고 자책해도 끝이 없고. 뭐든 그렇더라고. 후회하고, 남 탓하고, 자책하고……. 아, 그래. 그것도 좋지. 좋은데…… 그런데 우리, 그렇게 낭비해야 할 만큼 시간이 많아? 지금 이 순간에도."

환이 검지로 창밖을 가리켰다.

"저기서 사람들이 죽어가고 있을 거야. 그중에는 우리 엄마 아빠 같은 사람도 있을 거고 내 동생 같은 어린애도 있겠지.

우리는 여기서 우울하다고 바닥 긁고 있는데, 저기는 치열하다고."

환이 손으로 제하의 어깨를 두드렸다.

"범이 아버지라고? 그래서? 잘된 거 아냐? 넌 범의 힘도 쓸 수 있잖아. 그리고 너, 호수라고 했지?"

환이 어느새 이불을 걷고 일어난 호수를 돌아봤다.

"괴물이 됐다고? 잘됐잖아. 너, 진짜로 강하더라. 괴물이든 뭐든 강해서 살아남을 수 있으면 되는 거 아냐? 지금 이 신시에 너처럼 강해지고 싶어 하는 사람이 얼마나 많은 줄 알아? 나만 해도……."

환은 호수처럼 강했더라면 구할 수 있었을 가족이 떠올라 잠시 말을 멈췄다.

두 눈을 질끈 감았다가 뜬 환이 말했다.

"우리, 살아남았고, 지금 여기 있잖아."

환의 말이 끝나자 병실 안에 침묵이 내려앉았다.

각자 다른 표정으로 환이 지금 한 말에 대해 생각했다.

그때였다.

짝. 짝. 짝.

병실에 박수 소리가 울렸다.

도건이었다.

모두 도건을 돌아보자, 도건이 말했다.

"왜? 열정적인 연설이었잖아. 박수 쳐줘야지. 멋지다, 환."

환이 피식 웃었다.

"박수는 됐고. 배고픈데 얼른 밥이나 먹자."

이런 때에도 배달을 할까 싶었지만, 이런 세상에서도 자기가 하는 일을 멈추지 않는 사람들이 있었다.

"이런 고마운 분들이 위험을 무릅쓰고 열심히 일하시니까 세상이 망하는 일은 없을 거야."

환이 나무젓가락을 반으로 쪼개서 호수에게 주며 말했다.

동생을 찾아다닐 때의 환은 금방이라도 죽을 사람처럼 보였지만, 동생의 죽음을 알고 나자 오히려 모든 걸 딛고 일어난 사람처럼 명랑해졌다.

하지만 그 자리에 있는 사람들은 알았다.

딛고 일어난 게 아니라, 그러려고 노력하는 중이라는 걸.

그렇게라도 하지 않으면 슬픔에 짓눌려 숨이 막혀 죽을 것이기에, 복수를 끝낼 때까지만이라도 가족을 향한 그리움과 슬픔은 잠시 접어두고 평소처럼 지내기로 했다는 걸.

가족을 모두 잃은 환이 그렇게 노력하니 다른 사람들도 울적함에 빠져 있을 수는 없었다.

그들은 아무 일도 겪지 않은 사람처럼 젓가락을 움직였고, 아무 슬픔도 모르는 사람처럼 담소를 나눴다.

제하와 호수가 아직 어색하기는 해도 호수는 어제처럼 금방이라도 죽일 것 같은 눈으로 제하를 노려보지 않았다.

그런 상황에서 세인은 고민했다.

'어떡하지? 얘기를 해야 하나? 갑자기 전생 얘기를 꺼내고 그러면 미친놈 취급받는 거 아냐? 거기다…… 내가 전생에서 본 건 인간도 아니고…….'

세인이 갈등하고 있는데 주안이 물었다.

"세인아, 그건 뭐야?"

그거?

세인이 주안의 시선을 따라가자 왼손에 꼭 쥔 범 눈썹이 있었다.

저도 모르는 새에 습관처럼 꺼내서 쥐고 있었나 보다.

"아, 이거."

마침 잘됐다 싶었다.

"범의 눈썹이야."

"범의 눈썹?"

"응. 사실은 내가 범한테 잡아먹혔었거든."

세인은 담담히 말했지만, 아직도 그날이 생생했다.

늦은 저녁.

수업을 끝내고 집에 돌아가는 길.

집 근처 골목에서 가족과 마주쳤다.

부모님, 그리고 형.

세인이 없어도 즐겁게 대화를 나누며 걸어오던 그들은, 세인을 발견하자 일순 조용해졌다.

"세인이, 수업 끝나고 오는 길이니?"

이윽고 어머니가 아무렇지도 않게 말을 걸어왔지만, 세인은 그 안에 담긴 어색함을 느꼈다.

"마침 저녁 먹으러 가는 길인데, 같이 가자."

아버지의 목소리에서 같이 가지 않았으면 좋겠다는 마음을 읽었다.

어릴 때라면 눈치 없이 신나서 끼었을 것이다.

"내가, 뭐…… 가족이랑 딱히 사이가 나쁜 건 아닌데, 살짝 어색한 사이야."

어머니는 형을 낳고 육아를 하다가 복직하려던 참에 세인을 임신했다.

둘째를 임신한 사실을 알게 된 날, 어머니는 많이 울었다고 했다.

기뻐서가 아니라 낳기 싫어서.

아이는 형 하나로도 충분해서.

"나는 형이 못 간 의대도 들어갔는데……. 아, 이런 말을 하려던 게 아니지. 아무튼!"

평범한 직장인인 부모님은 형을 의사로 만들기 위해 지원을 아끼지 않았다.

하지만 형은 실패했고, 아무 지원받지 못한 세인이 성공했다.

세인이 의대 합격을 알리던 날, 부모님은 형의 눈치를 보다가 어색하게 말했다.

"아, 그러니?"

잘했구나. 고생했다.

노력한 아들에게 응당 해주어야 하는 칭찬의 파편조차 없었다.

"골목에 가족이랑 있다가 범을 마주쳤는데. 그때, 먹혔어."

범에게 먹히기 직전, 세인은 똑똑히 보았다.

어머니가 형의 손목을 잡아 자기 뒤쪽으로 끌어당기는 것을.

그 순간, 세인은 부정하려고 했던 진실을 깨달았다.

부모님에게 아들은 형 한 명뿐이라는 것.

알고 싶지 않았던 진실에 절망하기도 전에 범이 세인을 삼켰다.

"뭔가 좀 이상하더라고. 아그작아그작 씹어먹는 줄 알았거든. 그런데 통째로 삼키더라. 꿀꺽. 뭐, 범들마다 식사하시는 법이 다르겠지."

범의 식도를 타고 내려갔다.

쿵, 떨어진 곳은 이상할 정도로 넓은 공간이었다.

"위라는 게 말이야. 굉장히 잘 늘어나는 부위라서, 먹는 만큼 늘어나기는 해. 그런데…… 그건 그 수준을 넘어섰어. 그냥, 되게, 음, 넓었어. 마치 넓은 방에 들어간 기분이었어."

넓고 어두운 공간에 꽤 오랜 시간을 갇혀 있었다.

꿀렁, 꿀렁, 움직이는 느낌에 범의 위장이 확실하긴 한 것 같다고 짐작했다.

어떻게 나가야지, 하고 고민할 무렵, 세인이 떨어졌던 곳에서 무언가 떨어져 내렸다.

산산조각 난 인간의 시체였다.

"범이 삼킨 사람 시체가 떨어져서 정말 놀랐어. 그거야말로 아그작아그작 씹어서 먹은 것 같은 시체였거든. 하, 너네도 그걸 봐야 해. 난 진짜……."

공포에 질렸다.

그제야 범에게 잡아먹혔다는 걸 실감했다.

그전까지는 마치 꿈을 꾸는 기분이었던 것이다.

미친 듯이 부르짖고, 위벽처럼 보이는 곳을 두드리고, 제자리에서 뛰어보기도 했지만 아무 소용없었다.

또 몇 시간 후.

후드득, 후드득, 인간의 시체가 떨어졌다.

"아직도 그걸 생각하면 구역질이 나. 물론 난 토하지 않았지."

사실은 토했다.

주저앉아서 한참 토하다가 그 소리를 들었다.

웅얼웅얼 들려오는 범의 목소리.

제 24 화

너를 증오한다

"이상하게 소화가 안 되네. 저번에 통째로 삼킨 놈이 잘못됐나?"

"멍청아, 그렇게 급하게 먹는 버릇 고치랬지?"

"그래서 요새는 꼭꼭 씹어서 삼킨다고."

범은 세인을 삼킨 후로 소화를 못 시키는 듯했다.

그러고 보니, 시체들이 떨어진 지도 꽤 지났는데 시체들은 쌓여갈 뿐 소화되지는 않았다.

그래도 무서운 건 마찬가지였다.

지금이야 범이 체해서 소화액이 나오지 않는다 해도, 언젠가 다시 위장이 기능을 시작하면 어찌한단 말인가.

어떻게 해도 빠져나갈 수 없는 이곳에서 범의 위액에 녹아

내릴 수밖에 없는 걸까?

"나는 담담히 앉아 있었어."

울부짖었다.

살려달라고 애원도 해보고, 욕도 해보고, 뛰어다니고, 미친 놈처럼 발광도 해보았다.

그러나 세인을 삼킨 범은 그 어떤 반응도 해주지 않았다.

자신의 뱃속에 무슨 일이 벌어지는지도 모르는 듯했다.

"그러다가 어느 순간, 뭔가 보였어."

이러다가 진짜로 미치겠구나 싶었던 순간이었다.

어둠만 존재하던 눈앞에 파노라마처럼 흘러가는 영상이 나타났다.

범과 곰. 그리고 피할 수 없었던 전쟁.

"그걸 보는 순간. 아, 이렇게 말하면 너무 중2병 같을 것 같은데…… 음. 뭔가 몸으로 흘러들어오는 게 느껴지더라고. 굉장히 강대한 힘."

세인은 자기가 오른손을 들고 있다는 걸 깨닫고 얼굴을 붉히며, 얼른 손을 아래로 내렸다.

"흑염룡, 뭐 그런 건 아니고. 하여간 뭔가가 흘러들어왔고, 그 순간에 날 삼킨 범이 막 비명을 지르기 시작했어."

고요했던 공간이 뒤흔들렸다.

"그리고 폭발했지."

파아앙-!

고막을 터뜨릴 것 같은 소리와 함께 범의 위가 폭발했다.

당연히 세인을 삼켰던 범도 무사하지 못했다.

이게 무슨 상황인지 살펴볼 겨를 같은 건 없었다.

세인은 그저 도망쳤다.

범의 피를 온몸에 묻힌 채, 가족이 기다리는 집을 향해 달렸다.

어머니는 비록 형의 손만 잡아서 끌어당겼지만, 아버지는 세인을 도우려는 시늉조차 하지 않았지만.

그래도 이 무서운 상황에서 의지할 곳은 가족뿐이었다.

"엄마, 아빠! 저 왔어요! 저……!"

문을 열고 들어간 세인은, 말을 끝맺지 못했다.

부모님과 형은 무사했다.

하지만 무사하지 못했던 세인이 살아 돌아오자 겁에 질린 눈으로 세인을 쳐다봤다.

세인이 맞는지 의심스럽다는 듯, 범의 수하가 된 것은 아닌지 두렵다는 듯.

걱정의 편린조차 보이지 않는 그들의 눈동자를 보는 순간, 세인은 폭발했다.

"왜! 왜 그렇게 보는데? 죽을 뻔하다가 살아 돌아온 자식인데, 왜 그딴 눈으로 보느냐고! 당신들이 날 낳았으면서, 왜 그렇게 보느냔 말이야!"

대답은 돌아오지 않았다.

내가 있을 곳이 아니라는 걸 아는데도, 갈 곳이 없었다.

범의 뱃속에 있는 내내 무섭고 고독했다.

그런데 왜일까?

가족이 있는 집에서 세인은 더 농도 깊은 두려움과 고독을 느꼈다.

도망치듯 방에 들어간 세인이 침대에 주저앉아 흐느끼는데 엄마가 방으로 들어왔다.

엄마는 침대에서 조금 떨어진 곳에 서서 말했다.

"널 사랑하지 않는 게 아니야."

하마터면 욕설을 할 뻔했다.

"나는, 우리는 그저…… 조금, 너를…… 네가 무서워서……. 세인아, 너는 기억 못 하니?"

그러면서 엄마는 어릴 때의 일을 이야기해주었다.

아기가 자라 '엄마, 아빠'라는 말을 간신히 할 무렵, 세인은 여느 아기들처럼 '엄마, 아빠'를 말하는 대신, 다른 이야기를 했다.

"너는 마치 모르는 남자 같았어. 너는…… 너는, 그때부터 범에 대해 얘기했어."

태어난 지 간신히 일년을 넘긴 아기는 성인 남성처럼 두 눈을 부릅뜨고 말했다고 한다.

범들은 어떻게 됐느냐고, 위험한 놈들이니 가까이 해서는 안 된다고, 이 땅에서 범들을 없애야 평화를 되찾을 수 있을 거라고.

'소름이 끼칠 만하네.'라고 세인은 생각했다.

"그리고 진짜로 이 세상에 범이 나타나기 시작했지."

엄마는 그게 너무 무서웠다고, 미안하다고 몇 번이나 되풀이해서 말했다.

하지만 미안하다고 말하는 엄마와 세인의 거리는 좁혀지지 않았다.

침대에 앉아 있는 세인과 몇 걸음 떨어진 곳에 서 있는 엄마.

세인이 무슨 짓을 하면 언제든 도망칠 수 있는 거리에서 미안하다며 우는 엄마를 보고 나서야 세인은 깨달았다.

집에는 더 이상 자신의 자리가 없다는 것을.

이곳에 있어 봐야 가족들을 두렵게 만들고, 자신은 더더욱 깊은 고독에 휘말려들 뿐이라는 것을.

"밖에 나와서 보니까, 내가 이런 걸 들고 있더라고."

"그러니까, 네 말은…… 범한테 잡아먹혔고, 왠지 흑염룡 같은 힘이 샘솟았고, 그 힘 덕에 범의 위장이 폭발해서 빠져나왔는데 그걸 들고 있었다, 그 말이지?"

어리둥절한 표정으로 세인의 이야기를 듣던 도건이 요점을 정리했다.

"응, 비슷해."

"그렇다면 전리품 같은 거네."

제하도 죄책감 가득했던 눈동자에 호기심을 띠고 범 눈썹을 살펴봤다.

세인은 마른침을 꼴깍 삼켰다.

이제부터가 중요하다.

"그냥 평범한 전리품은 아니고…… 이거, 뭔가 보여."

세인은 그것을 눈썹에 대면 사람의 전생이 보인다고 설명했다.

세인의 예상대로 다들 믿지 않는 눈치였다.

오직 하루만이 진지하게 범 눈썹을 응시하고 있었는데, 하루는 원래 늘 진지한 표정인 데다가 약간 맛이 간 것처럼 보일 때가 많은 녀석이었다.

하루의 믿음이 세인에게는 큰 위로가 되지 않았다.

"사람의 전생이라니…… 그런 게 있을 리가……."

"진짜야, 도건. 안 믿기면 너희도 한번 봐봐."

세인이 범 눈썹을 내밀자, 도건이 낚아채듯 가져가 자기 눈썹 위에 댔다.

세인은 숨까지 멈추고, 도건이 놀라워하기를 기다렸다.

이윽고 도건의 눈이 커졌다.

"오…… 오오오오, 보인다."

"그렇지?"

"세인이 너는, 전생에 공주님이었구나."

팟-!

세인이 신경질적으로 도건의 손에서 범 눈썹을 빼앗고 그를 노려봤다.

"내 말 안 믿지?"

"믿고 자시고…… 아무것도 안 보이는데. 제하, 너도 한번 해 봐."

제하가 손을 내밀었지만, 세인은 범 눈썹을 건네주지 않았다.

"됐어. 어차피 장난만 칠 거잖아. 나는 너희가 무기상한테 사기당할 뻔했을 때 도와주기까지 했는데 너희는 내 말 믿어주지도 않고……."

"네 전생은 뭐냐?"

하루가 투덜거리는 세인의 말을 끊었다.

"……몰라."

"말해봐라, 아가야. 네 전생을 알아야겠다."

"지금 이게 전생을 보여준다는 것도 안 믿는데, 내 전생을 말하면 더 안 믿을걸. 날 미친놈으로만 보겠지."

세인이 범 눈썹을 꽉 쥐고 중얼거리자, 하루가 도건을 노려봤다.

"너 때문에 이 아이가 삐쳤잖느냐! 사과해라!"

세인이 얼굴을 붉혔다.

"아, 삐친 거 아니라고. 그리고 아이, 아이, 거리지 좀 마. 나보다 더 애 같은 게."

"나는 수천, 수만, 수억 년을 살았다."

세인은 '이게 미쳤나?'라는 눈빛으로 하루를 쳐다봤지만 하루의 표정은 담담했다.

역시 하루는 머리가 약간 이상한 게 분명하다.

하루와 가장 오래 같이 있었다는 제하를 돌아보며,

'얘, 괜찮은 거야?'

라는 눈빛을 보내자, 제하가 어깨를 으쓱했다.

"걘 원래 좀…… 바보, 라고 해야 하나? 아무튼, 그래서? 네 전생이 뭔데?"

"어차피 내 말 믿지도 않잖아."

"생각해보면 말이야."

주안이 끼어들었다.

"지금 벌어지는 이 모든 일들이 작년까지만 해도 믿을 수 없는 일들이었어. 작년의 우리였다면, 범이라는 게 나타나서 사람들을 잡아먹고, 사람들 중에 묘하게 강한 힘을 가진 범 사냥꾼 같은 사람들이 생기리라는 걸 믿었을까?"

호수가 고개를 끄덕였다.

"그 범을 뜯어먹고, 사람도 범 같은 괴물이 되는 일이 생길 수도 있다는 건 상상도 못 했겠지."

"그래, 내 아버지가 범이라고 해도 안 믿었을걸."

제하가 호수의 말에 동의하며 세인에게 말했다.

“그러니까 말해봐. 네 전생은 뭔데?”

세인은 이제 고집부리는 건 관두기로 했다.

어차피 한번 짚고 넘어가야 할 문제였다.

똑같은 전생을 가진 일곱 명.

“한 남자가 있어. 그런데 인간이 아니야. 뭔가…… 좀 달라. 귀도 그렇고, 눈동자나 몸통도 그렇고…….”

“범 같은 거야?”

주안이 물었다.

“비슷한데…… 범보다는…… 곰? 좀 섞인 느낌?”

“곰?”

“응. 곰. 그 남자는 곰이랑 좀 더 비슷해. 그 세상에는 곰족과 범족이 있고, 또 다른 종족들이 있어. 하지만 가장 많은 건 곰족과 범족이지. 그 남자는 아무래도 곰족과 범족의 혼혈인 것 같아.”

세인의 설명을 들으며, 하루가 미간을 좁혔다.

세인은 계속해서 말했다.

“나는 그 남자야. 곰과 범이 섞인 그 남자. 이제부터 그 남자를 ‘나’라고 할게. 나는 어떤 범이랑 엄청 친한 사이야. 피부색이 좀 어둡고 날렵하게 생긴 범인데, 흑범인 것 같거든. 그 흑

범은 나를 이렇게 불러."

"……."

"타배."

⁂

"타배애애애애!"

후포가 벌떡 일어났다.

낯선 천장이 눈에 들어온 후에야, 자신이 악몽을 꿨다는 걸 깨달았다.

그날 이후, 매일 밤 꾸는 악몽.

증오를 버리고 싶어도 이 악몽이 계속되는 한 끊임없이 그를 미워하리라는 걸 알았다.

"빌어먹을 잡종 새끼……."

모두가 그를 잡종이라 했어도 후포는 그를 좋아했다.

그는 정직하고 듬직한 데다가 바보스러울 만큼 순진한 구석도 있었다.

"그래, 정직…… 정직한 놈인 줄 알았지. 바보처럼 순진한 게 내 쪽이었을 줄이야……."

타배를 믿었다.

범족도 곰족도 그를 잡종이라며 멸시했지만, 후포는 타배에게서 강한 힘과 의지를 느꼈다.

그와 함께라면 이 땅을 부강하고 평화로운 곳으로 만들어 후손들에게 물려줄 수 있을 거라는 어리석은 생각을 하고 말았다.

"주군. 잡종과는 어울려서 좋을 게 없습니다."

부하들은 신시의 수호자인 후포가 타배와 어울리는 걸 마뜩잖게 여겼다.

"옛날부터 잡종들은 뒤통수치기로 유명했잖아요. 게다가 그놈은 곰 피가 더 강하게 흐르는지, 곰들이랑 잘 지내고 싶어 하더라고요."

"맞아요, 주군. 요새 그놈들이 뒤에서 뭔가 수군수군거리는 게, 영 불길해요."

범과 곰은 친구이지만, 라이벌이기도 했다.

내가 더 강하네, 네가 더 약하네, 그런 치기 어린 장난과 결투를 벌이는, 딱 그 정도의 라이벌.

그랬던 곰과 범 사이에 묘한 분위기가 감돈다는 걸 후포도 느끼고 있었다.

그럼에도 후포는 타배를 믿었다.

신시를 사랑하는 타배가 신시의 수호자인 후포에게 해를 끼치는 일은 절대 없을 거라고 생각했다.

바보 같은 믿음이었다.

타배는 신시를 너무 사랑했고, 사람 마음에 '절대'라는 건 존재하지 않았다.

"타배……."

후포는 타배가 신시를 전부 갖기 위해 범들을 그렇게 학살할 줄은 꿈에도 몰랐다.

"나는 네놈을 믿었는데……!"

아직도 눈을 감으면 이 신시를 평화롭게 만들자고 말하던 타배의 선량한 미소가 눈에 선했다.

"후포, 자네는 수호자의 자격이 없어."

그 싸움 끝에서, 패배한 후포의 목에 새까만 검을 겨누고 타배는 냉랭하게 말했다.

다정하게 빛나던 타배의 눈동자에 차가운 적의가 담긴 것을 후포는 그때까지도 이해할 수가 없었다.

타배의 뒤에서 곰들은 범들을 모조리 죽여야 한다며 아우성치고 있었다.

그 순간, 신시 중심부에서 폭발이 일어나지 않았다면 후포와 범들은 그 자리에서 죽었을 것이다.

커다란 폭음에 타배가 잠시 뒤를 돌아본 틈을 타서 후포는 범들과 함께 달아났다.

인왕산 범바위 뒤.

평소에도 기가 묘하게 흐르는 곳이라는 걸 알고 있었다.

마지막 남은 힘을 다해 공간을 찢고 그 안의 세계에 몸을 숨겼다.

잠시 힘을 비축한 후, 다시 돌아가 복수할 계획이었다.

곰들이 범바위에 결계를 만들어 봉인할 줄은, 그리하여 그 지독한 그림자의 세계에서 긴긴 시간을 버텨야 할 줄은 그때만 해도 몰랐다.

"지독한 놈들……."

아무리 신시를 갖고 싶었다 해도 그렇게까지 할 필요는 없었다.

아무 죄도 없는 범들에게 그렇게까지 가혹한 시간을 겪게 해야 할 필요는 없었다.

그래서 후포는 타배를, 곰을,

그리고 그의 후손인 인간들을 증오했다.

제 25 화
머나먼 과거에서 이어진 의지

WARNING

타배.

그 이름을 듣는 순간, 제하는 머릿속이 찡하고 울리는 느낌을 받았다.

다른 사람들도 마찬가지인지 다들 인상을 찌푸리고 있었다.

범과 곰이 사는 세상. 범과 곰의 혼혈.

예전이었다면 믿지 못할 이야기겠지만, 범들이 사람들을 죽이고 다니는 이때에 믿지 못할 이야기가 어디 있을까 싶다.

"그리고 나는 그 흑범을 후포라고 부르지."

세인의 말에 제하는 눈을 크게 떴다.

반사적으로 하루 쪽을 돌아보니, 하루가 작게 고개를 끄덕였다.

그런 동안에도 세인의 이야기는 계속되었다.

"후포는 그 세상, 여기랑 똑같이 신시라고 부르는, 그곳의 수호자야. 우리는 같이 신시를 평화롭게 만들기로 했는데…… 후포가 날 배신했어. 범들이 신시에서 곰들을 밀어내기 위해 몰래 곰들을 죽이고 다니기 시작한 거야."

"갑자기 왜? 사이 좋던 범들이 곰들을 신시에서 쫓아내야 할 이유라도 생긴 거야?"

도건의 질문에 세인이 고개를 저었다.

"나도 확실하게는 몰라. 이게 막 자세하게 보여주는 건 아니거든. 분명한 건 범이 곰이랑 다른 종족들을 끔찍한 방법으로 죽이기 시작했고, 그 때문에 신시의 모든 종족이 범족을 미워하게 됐다는 거야. 전쟁이 불가피한 상황이었지. 나는 곰의 편에 섰어. 범이 선을 넘은 거니까. 그리고……."

세인의 눈이 제하의 침대 옆에 세워져 있는 검으로 향하자, 모두 세인의 시선을 따라서 눈을 움직였다.

세인이 검을 가리키며 말했다.

"딱 저렇게 생긴 검을 들고 말해. 내가 선두에 서서 이 땅에 평화를 갖고 오겠다고."

지끈-

제하는 두통을 느꼈다.

박물관에서 검을 손에 쥐는 순간, 그 검의 이름과 함께 흘러 들어온 기억.

그때는 그저 이상한 걸 봤다고 생각하며 넘겼는데, 이번에는 좀 더 또렷한 영상이 스치고 지나갔다.

"후포, 자네는 수호자의 자격이 없어."

새까만 검이 후포의 목을 겨누고 있었다.

후포는 심하게 다쳤지만 그의 눈동자만은 형형하게 빛났다.

제하는 이해할 수 없었다.

'왜? 자기가 시작한 일인데 왜 그런 눈빛을 하는 거지?'

후포의 노란 눈동자 안에 담긴 건 증오. 그리고…….

'왜 그렇게 슬픈 눈빛인 거지?'

이해 못 할 슬픔.

"야, 제하. 왜 그래?"

환이 제하의 어깨를 흔들어서 제하는 환각에서 벗어났다.

"세인의 말은 사실이야."

"당연히 사실이지! 지금까지 내가 거짓말하는 줄 알았냐?"

세인이 볼멘소리를 냈다.

제하는 침대 옆에 가서 척살검을 갖고 돌아와 앉았다.

"박물관에서 이 검을 쥐었을 때, 나도 세인이가 본 거랑 비슷한 걸 봤어. 아니, 들었다고 해야 하나? 전쟁 전에 이 검을 쥐고 수많은 곰과 이종족 앞에서 이 땅에 평화를 갖고 오겠다고 선포해."

"나도……."

호수가 입을 열었다.

"나도 봤어. 범을 먹었을 때, 본 것 같아. 세인이가 말한 거랑 비슷한 거. 마치 내 기억인 것처럼, 뭔가가 흘러들어왔어."

모두 묵묵히 제하의 척살검을 응시한 채 생각에 잠겼다.

믿기 어렵지만 믿을 수밖에 없는 이야기.

"잠깐만. 그러면 뭔가 이상하잖아."

도건이 침묵을 깼다.

"만약 우리가 전생에 타배였다면…… 어떻게 그게 가능해? 전생이 있다는 건 영혼이 있어서 그 영혼이 다시 태어난다는 건데……. 이상하잖아. 어떻게 우리 모두가 타배일 수 있는 거지?

"나는 아니다."

하루가 손을 들었다.

"나는 범바위다. 전생에 그 무엇도 아니었지."

"아, 그러네. 그럼 넌 타배라는 이름을 들었을 때 아무렇지도 않았냐? 난 세인이가 타배라는 이름을 꺼냈을 때 머리가 지끈거렸거든."

"흐음. 그건 좀 이상하구나."

하루가 있지도 않은 턱수염을 쓰다듬는 시늉을 하며 중얼거렸다.

"나도 그 이름을 들었을 때 머리가 살짝 아팠으니……. 내게 전생이 있을 리 없는데도……."

"전생에 타배였다가 바위가 된 건 아니고?"

주안의 질문에 하루가 고개를 저었다.

"그건 아니다. 나는 인왕산의 위대한 범바위. 수천, 수만, 수억 년 전부터 존재해온 유일무이하고 고귀하며 경이롭고……."

"아무튼."

하루의 헛소리가 시작되기 전 제하가 얼른 끼어들었다.

"지금 중요한 건 세인이가 본 게 전생이든 뭐든, 우리 사이에는 뭔가가 존재한다는 거야. 그리고…… 우린 비슷한 목표가 있지."

"이 세상에서 범을 없애는 거."

호수가 제하의 말을 받으며 제하와 눈을 맞췄다.

어젯밤 둘 사이에 존재했던 서글픈 원망은 더 이상 남아 있지 않았다.

주안이 말했다.

"불티는 상급 범일 텐데, 놈을 이기지는 못했어도 큰 상처를 입혔어. 우리가 힘을 합치면 상급 범도 상대할 수 있는 거야."

"후포를 찾아야 해. 그놈이 아직 살아서 이 신시로 나온 거라면."

세인의 말에, 제하는 자신에게 최면을 걸어서 봉인을 깨게 만든 것이 후포라고 말해주었다.

도건이 심각한 표정으로 말했다.

"그렇다는 건 상급 범은…… 적어도 후포는 최면술 같은 걸 쓸 수 있다는 거네. 조심해야겠어."

"응, 그래도 그 후포라는 범이 대장이라면 그 범을 찾아내서 죽이든 설득하든 이 싸움을 끝내도록 하는 게 우선이겠지. 우리끼리 신시에 있는 범을 모조리 죽일 수는 없을 테니까."

환이 중얼거리며 모두를 돌아봤다.

그들의 시선이 가운데에 놓아둔 척살검으로 향했다.

제하가 척살검 손잡이를 쥐며 말했다.

"타배는 범을 베고 이 땅에 평화를 가져오겠다고 했어."

그 순간, 그 자리에 있는 모두의 귀에 타배의 음성이 들려오는 듯했다.

굵고 강한 음성.

그 자리에 있는 모두는 범들과 각자의 사연을 갖고 있었다.

하지만 제하가 척살검을 세로로 세우고,

"우리가 이 땅에 평화를 가져와야 해."

라고 말하는 순간, 오래전 타배가 가졌던 의무감이 사심을 밀어내고 그 자리를 채웠다.

그들은 범의 눈썹이 없이도 자신을 응시하는 여러 종족의 신뢰에 찬 눈빛을 보았으며, 척살검 없이도 그들의 환호성을 들었다.

그 순간, 그들은 타배의 자리에 서서 수만 년 이 땅에 존재했던 무수한 이들의 신뢰와 소망을 전해 받았다.

몇 달 전까지만 해도 그들은 그저 평범한 삶을 살던 평범한 청년일 뿐이었다.

하지만 이제 신시에서 평범함은 사라졌고, 사라진 평범함을 되찾기 위해 해야만 하는 일이 생겼다.

무거운 의무가 어깨를 짓눌렀지만 그들은 눈을 돌리지 않았다.

가슴에서 피어오르는 여러 감정을 억누르며 그들은 조용히 척살검을 응시했다.

"그런데."

침묵을 깬 건 도건이었다.

"우리 팀 이름은 뭐로 하지?"

제하가 웃음을 터뜨리자 도건이 미간을 좁혔다.

"왜? 내가 뭐 웃긴 말 했냐?"

"아니, 형 덕분에 긴장이 확 풀려서."

"응, 정말…… 숨 막힐 뻔했는데."

주안도 미소 띤 얼굴로 제하의 말에 동의했다.

도건이 머쓱한 듯 시선을 피했다.

"아니, 뭐. 호랑나비처럼 팀 이름이 있어야 활동하기 편할 거 아냐."

"타배, 어때?"

세인의 말에 환이 고개를 저었다.

"만약 후포가 신시에 있다면 우리가 타배라는 이름을 사용하는 걸 그냥 두고 볼까?"

"아, 그러네. 취소, 취소. 타배는 안 돼."

"착호갑사."라고 말한 건 하루였다.

다들 생경한 단어에 고개를 갸우뚱하며 하루를 쳐다보자 하루가 우쭐한 미소를 지으며 말했다.

"그것도 모르느냐? 예전에는 범을 잡는 병사들을 착호갑사라 불렀었지."

"오, 그래? 넌 별걸 다 안다?"

놀라는 도건과 달리 제하는 눈을 가늘게 떴다.

"정말이야? 확실한 단어 맞아? 어디 하나 틀린 건 아니고?"

지금껏 하루는 속담을 제대로 말한 게 손가락에 꼽았다.

"아가야. 점점 버르장머리가 없어지는구나. 몇 번이나 말한 걸 또 말하게 하지 말거라."

"네가 뭘 몇 번이나 말했는데?"

"나는 수억 년 전부터 존재해온 위대하고 고귀하며……."

"착호갑사. 진짜로 있네."

휴대폰으로 검색해본 환이 하루의 말을 끊었다.

하루가 그것 보라는 듯 제하를 보며 싱긋 웃었다.

"너는 날 좀 더 믿을 필요가 있다."

"네가 해온 게 있는데 믿음이 가겠냐? 아무튼 그럼 우리 팀명은 착호갑사로 가는 거야?"

"착호갑사까지는 좀 긴 것 같은데, 깔끔하게 착호 어때? 착호. 착호가 입에 착 붙잖아."

그들은 환의 말대로 착호로 할지 착호갑사로 할지 의견을 나누다가 결국 '착호'로 팀을 등록하기로 결정했다.

범 사냥꾼 착호.

머나먼 과거에서 시작된 의지가 신시의 어느 작은 병원에서 조용히 싹을 틔웠다.

19구의 A 백화점에서 벌어진 사건은 한동안 신시를 떠들썩하게 만들었다.

이미 범들에게 습격당해서, 범들이 저지르는 끔찍한 살인은 뉴스거리도 되지 않았지만 A 백화점 지하에 갇혀 있던 생존자들의 증언은 다시 한번 사람들을 공포로 밀어 넣었다.

범들이 인간을 그냥 죽이는 게 아니라 끔찍한 고문까지 한다는 사실이 알려지면서 사람들은 혼돈에 빠졌다.

돈 많은 사람들은 큰돈을 주고서라도 개인적으로 범 사냥꾼을 고용해 곁에 두려고 했고, 그럴 돈이 없는 소시민은 여러 명이 함께 다니며 생활을 유지하려고 애썼다.

범 사냥꾼들에게는 좋은 현상이었다.

최근 사람들이 범의 공포에 익숙해지면서 범 사냥꾼들을 전처럼 대우해주지 않는 데다가, 몇몇 범 사냥꾼들의 만행 때문에 일부에서는 범 사냥꾼을 군대처럼 정부에서 관리해야 한다는 움직임도 나오고 있었기 때문이다.

하지만 범에 대한 공포가 다시 한번 부각되자, 사람들은 자기들 근처에 범 사냥꾼이 살기를 간절히 바랐다.

어느 아파트에서 범 사냥꾼을 위해 가장 전망이 좋은 집과 생활비 일체, 자동차를 지원해준다며 범 사냥꾼을 찾자, 다른 곳들도 비슷한 지원을 해준다고 하며 범 사냥꾼이 들어와 살기를 바랐다.

돈 많은 사람들은 개인 보디가드로 활동해줄 범 사냥꾼을 찾았다.

그럴 때에, A 백화점 지하에 갇혀 있던 생존자들이 치료와 회복을 끝내고 퇴원했다.

그동안은 경찰을 통해서만 생존자들의 이야기를 들을 수 있었으므로, 그들이 퇴원하는 날 생생한 증언을 얻기 위한 방송국 차가 병원 앞에 모였다.

생존자 대부분은 얼른 집에 돌아가고 싶었기에 귀찮은 기색이 역력했지만, 나서기 좋아하는 몇 명이 카메라 앞에 섰다.

많은 질문과 많은 대답이 이어지고, 대학생이라고 밝힌 젊은 남자가 앞으로 파장을 불러일으킬 증언을 했다.

〈7FATES: CHAKHO〉 2권 끝

2023년 12월 20일 초판 1쇄 발행

기획/제작 | HYBE
공동기획 | WEBTOON

발 행 인 | 정동훈
편 집 인 | 여영아
편집국장 | 최유성
편 집 | 양정희 김지용 김혜정 김서연
디 자 인 | DESIGN PLUS

발 행 처 | (주)학산문화사
등 록 | 1995년 7월 1일
등록번호 | 제3-632호
주 소 | 서울특별시 동작구 상도로 282 학산빌딩
편 집 부 | 02-828-8988, 8836
마 케 팅 | 02-828-8986

ISBN 979-11-411-1989-8 03810
ISBN 979-11-411-1987-4 (세트)

값 9,800원